栖上梗佳
百瀬汐梨

お互いの体温と、声と、言葉と、気持ちで、どこまでも流していく。
やがて、深く近づいた彼女の耳に、私は囁く。
「わたし、梗佳のこと、大好きだよ。もう、なにがあっても、絶対に離れないからね」
「わたしもあなたのこと……大好き、だから、ずっと一緒に、いて……」

早島飛形

凍てる輝きとペペロンチーノ

著：城井映
イラスト：朱坂明紗

Kinetic Novels

Characters

早島 飛彤

名家のお嬢様。動画配信者への推し活をしているザ・今どき女子。汐梨とは小学校の頃から一緒の幼馴染。

栖上 梗佳

謎の冷凍庫に暮らしている美少女。汐梨に張り合ったり意地っ張りな側面を見せたりもする。

百瀬 汐梨

それとなく毎日を過ごしているさとり系女子高生。後先考えない楽観的な性格の持ち主。

Who said the following line?

Je Vais Te Remplir

Ich erinnnere mich an ihren Duft

直到失去才意识到有多么重要，为什么会如此残酷呢

CONTENTS

プロローグ　燃えて、光って

　どこまでも行くつもりだった。

　どんだけ家が遠くなっても、どんだけ空が暗くなっても、どんだけ脚が疲れても、そんなの知ったこっちゃなかった。わたしは爆発していた。全身がメラメラと音を立てて燃えていたのだ。

　それくらいの勢いなのに、わたしの往く道はしんみりと暗かった。

　なんで、明るくあってよ。こっちは燃えてんだから。わたしはイライラしながら、とにもかくにも歩いた。半分走っていた。ずんずんずんずん、と全身めいっぱいに突き進みながら、思う。

　ここ、どこ？

　始まりはなんだったかわからないけど、とにかくお母さんと言い合いになった。

　ああ、家の鍵を締め忘れたからだっけ。まあ、一度空き巣に入られてからセキュリティ意識強固な我が家で、うっかりしていたわたしが悪いんだけど、その注意の仕方がなんかイラッとして、はーい、なんて適当に返事したら、あっちもイラッとしたみたいで突っかかってきた。

　そこからは売り言葉に買い言葉、ハイパーインフレ上等の倍々ゲームだ。

　――そんないい加減だから、葉和《はより》の誕生日もすっぽかすんだよ！

お母さんはわたしが、妹の誕生日祝いのイタリアンをドタキャンしたことをなじってきた。いったい、いつの話なんだ。あれは、台風一過の綺麗な秋空の日……そう、十月だ。今は桜の四月。半年も前じゃんか。

そもそもわたしがドタキャンしたのも、レストランの予約が誕生日の前日というイレギュラーな日取りで組まれていたせいだ。わたしは妹の誕生日を忘れてはいなかった。当日だって「明日、たつかいイタリアン行く」とカフェで友達に自慢していたのだから。

その数分後「あんたどこにいるの?」と連絡がきて、すべてが崩壊したわけだけど。

あの件に関しては、わたしは一ミリも悪くないと思っている。わたしはなんにも知らなかった。日取りを伝えたと思い込んでいたお母さんが悪い。

わたしがそう怒ると「言ったたって! あんたも『りょー』って答えてたでしょ!」と非を認めない。んなわけがない。もしそうなら、へー誕生日と違うんだー……と思っていたはずだ。

その後は、言った言わないの言葉の殴り合い。

でも、こっちが生身の徒手空拳なのに対して、キレたお母さんの態度はフルアーマーだった。わたしの物言いにビクともせず、手に持った大声の剣で横薙ぎにしてくる。

あ、いくら言っても無駄だ、と気づいた瞬間、わたしは急にひとりぼっちになった気がした。なんも通じやしない。わたしの声は届かない。

ふと、そのことが無性に悔しくなって、泣きそうになって、だけど弱みは見せたくなくて「くそババア！」と悪態をつきかけて、いや、それだとありきたりな非行少女みたいか、と思い直し「フルアーマーババア！」とぶちまけて家を飛び出した。「バカ汐梨《しおり》！」と反撃の罵倒が飛んできて、背中に刺さった。ありきたりな母親の暴言だ。ありきたりなのに、すごく効いた。ずるい。

ごぼごぼと感情が泡立っては、ものすごい勢いで蒸発していった。そうして生まれた気流に乗って、わたしはとにかく家から遠く遠くを目指した。胸が溢れて、ちょっと破けて、痛かった。

もう帰らない、帰らない、帰らない！　その一心でわたしはひたすらに歩いた。

……それで、ここ、どこ？

今に至るまでの回想をしてみても、無駄にイライラが蘇るばかりで、ここがどこなのかヒントになるような情報も出てこなかった。

道の左右は工事業者の資材置き場らしく、トタンの塀と背の高い植物が連なっていて、見通しが悪い。外灯はぽつぽつと、ケチ臭い感じだ。

そんな殺風景の中、くぅうん……と、お腹が鳴った。弱った子犬みたいな音に、身体の中が空っぽになっているような気がして、途端に心細くなった。正直、疲れた。お腹もすいた。足も痛いし。そう素直に認め始めると、わたしの中の爆発が線香花火の早回しみたいにしゅるしゅる萎んで消えていった。

春先の夜の空気は、冬が居残っているみたいに冷たかった。

「う、うう……」

思わず情けない声が出て、目が潤んできた。

違うんだよ。お母さん。わたしは全然悪くないってことを言いたかったんじゃないんだよ。そうじゃなくて、なんていうか、なに、その——わからないけど、とにかく根本的に間違っていることがあるから、違うってことをわかってほしかっただけなんだよ。うまく言えないけど、肝心なところがボヤッとしているけど、そうなんだよ。

そのなにかが、どうしてか言葉にできなくて。感情だけが膨らんできて。

とにかく、なんか言ってやれって、急かされているような気がして。

……その結果、たまたま出てきたのが、フルアーマーババアだったわけで。

「あぁ、もうっ！　言葉とかいうの不便すぎぎっ！」

くさくさして思い切り蹴飛ばした小石が、トタンの塀にぶつかって、カァン！　と冷たくて大きな音を立てた。怒鳴られた気がして、びくっと首をすくめる。しーん、と静まり返るばかりで、それ以上のなにかがあるわけでもない。

なに、デカい音でビビらせて……わたしはとぼとぼ歩き出す。

これからどうしよう。家に帰るのも癪だし、そもそもここがどこかわからないし、お腹も減ったし。くぅうん、とお腹のチワワがまた鳴く。なんで夕飯前に喧嘩しちゃったんだ。せめて、食べるもの食べてからなら、お母さんの鉄面皮もぶち抜くパンチラインを打てたかも知れないのに。

なんて後の祭り的妄想を広げつつ歩いていると、トタン塀の間に横道を見つけた。ハイキングコースにあるような丸太の階段が伸びている。気づかなかったけど、すぐそこがちょっとした丘になっているみたいだった。

少しでも見晴らしのいいところに行きたくて、わたしは階段を上った。丸太の膨らみを年始に買ったスニーカーの底が踏んでいく。その感触に、なんだか小さい頃を思い出した。家族で自然公園に行って、階段の木を踏み踏み、妹とどっちが先に着けるか競争して――。

思いがけない懐かしい記憶にくらりと来て、次の瞬間、わたしは駆け出していた。そうしないと、なにか変なものに取りつかれて、ワーッてなってしまいそうだった。

思い出とかいうのが、今の不幸なわたしにはあまりにも眩しすぎる。

てっぺんにつくと、控えめな外灯二本が十分な明かりになるくらいの広場に出た。憩いの場なのか、よくある木製の机と椅子が二セット、自販機とトイレ、それから簡素な展望台がある。

展望できるくらい高いところまで来ちゃったのか。わたしは木でできた舞台に足を踏み入れ、柵に手をついて見下ろしてみる。

「くっら……」

夜だから、それはもうなんにも見えなかった。広場の外灯がお裾分けにみたいに照らす光で、麓の桜並木だけはわかった。花が落ちて、葉っぱが見え始めている。せっかちな子たちだ。わたしなんてまだ、高二になって一週間も経ってないのに。

遠慮なく花びら散らす桜の向こうは、とにかく暗かった。なんだろう。これがわたしの未来ってこと？　桜、のち、闇。なんだか、そう思ってしまうような気分だった。うーん。たかが親との喧嘩で、だけど、どうしても、イライラするし、今のわたしには、そういうのがお似合いというか……あれ。

気がつくと、身体が展望台の柵にべたりと張りついていた。なにこれ。力が入らない。視界のなけなしの光が虫に食われるみたいに消えていって、頭がぐるぐるしだす。息をしてるのかわからなくなる。ヤバ。意識して吸い込む。吐き出す。ぜいぜい。それでワンセット。

わたしはビビった。なにこれ、呼吸とか自動だったのに、突然のマニュアル化？　え、心臓も？　ていうか、なにこれ？　マズい、だれか、だれか、たすけて。

それが空腹と疲労、急激な運動による酸素不足と、悲観からの精神的なショックが重なって起きた貧血的な症状だっていうのは、後になって知った。

でも、そんなことを知らないその時のわたしは、もうここで死ぬんだと思った。

この広い世界で、わたしはひとりぼっちで、誰にも救われないまま、消えちゃうんだと思った。

そんなの嫌だ。

いくらまばたきしても何も見えない世界の中、わたしは必死に手を伸ばす。

たすけて……死にたくないよ……。

なんて情けない。でも、本当だった。わたしはわけもなく生きていたかった。

その時――

光った。

「ひっ……！」

眩しい！

オセロの石を一瞬でひっくり返したみたいに、眩んでいた視界が黒から白へと変わった。

それから潮が引いていくみたいに、視力も、ぐらついた平衡感覚も、息も、全身の力も、何事もなかったかのように戻ってきた。

「な、なに、いまの……」

気がつくと、わたしはその場にへたり込んでいた。景色は相変わらず真っ暗なままだけど、太陽をうっかり見つめた時みたく、視界の一部が斑点状にジャギジャギしている。

てことは、今の「光った」って思ったのは、本当になにかが光ったってこと？

わたしはなにかの映画に出てきた、記憶を消すフラッシュライトを思い出した。黒服サングラスのおじさんがスイッチ押すとパシャッ！　って光って、次の瞬間にはなんにも覚えていない。なんだっけ？　あの映画……確か、宇宙人が出てきて、キモいのがブワーって出てきて、人が食べられちゃって、それで――。

なんてとりとめなく考えているうちに、光で縁どられたジャギジャギの斑の中で、誰かが立ち上がった。

ずいぶん遠いはずなのに、その輪郭ははっきり見える……と思った瞬間、わたしの中に変な感覚が走った。いや、走ったというか、通り抜けたというか、すっぽ抜けたというか。難しい。例えるなら小さい頃、歯の矯正器具を抜いた後の口の中の感じが、全身にあるっていうか……なに、これ？

その時、わたしははっと気がついた。

待って、もしかして、あれって本当に——宇宙人？　ヤバい……ヤバい！

慌ててスマホを出す。別にそれでどうするというわけじゃないけど、ひとまずヤバいと思ったら手に持っておくものだ。

画面を見ると通知が溜まっていて、なんも考えずに押すとお母さんからのメッセージだった。

『あんたどこにいるの？』

妹の誕生日をすっぽかした時と同じ内容だ。でも、今そんなことは重要じゃない。わたしは今世紀最大のスピードでタップする。

『わあんない！』『それもり、ヤバう！』『宇宙人がかた！』

『宇宙人？』『なに、エリア51にでもいる？』

既読も返信も一瞬だった。『エリア51ってなに！』わたしは滑る指で必死に送り返す。

『UFO出るとこだよ』『アメリカのどっか』『じゃなくて本当にどこ？』『迎えに行くから』

『だあらわかんないって！』

『GPSあるでしょ』

「あっ！」

思わず声が漏れた。そういやこの板にそんな便利な機能あったっけ。

わたしは今更になって地図アプリを開き、居場所を共有する。送信日時、二十三時二十八分。時間もわかっちゃった。こんな便利なもの持っといてその存在を忘れるなんて、わたし、怒りすぎ。というか、時間遅っ。それはお腹もすくわ。

なんだかいろいろ脱力してしまって、わたしは柵にだらっともたれかかった。あーあ、とため息が漏れる。

お母さんは車ですっ飛んできている。もう日付は変わりそうで明日は学校がある。

どこまでも行くつもりで歩いて、世界から切り離されたつもりだったのに、こうもあっさり連れ戻されてしまうなんて。

気づけば、わたしの爆発は完璧に収まっていた。今はただ、家に帰ってご飯を食べて、ベッドに倒れこみたかった。悔しいけど欲求には勝てない。

くうぅううん……とお腹のポメラニアンが鳴いた。

「お母さん、早くー……」

わたしはぼやく。暗がりに慣れた目に、ぼんやりとした景色が浮かんでくる。

そういや結局、さっきのはなんだったんだろう。

光。人、それからなにかが、身体から外れた感じ……。

まあ、どうでもいっか。きっと限界になって見た、夢かなんかだ。

わたしはもう考えるのもめんどくなって、目の前の暗がりをただぼうっと見つめることしかできなかった。

凍てる輝きと
ペペロンチーノ

著 城井映
イラスト 朱坂明紗

第一章　コミュニケーション・シンドローム

1

「それでどうしたの？」

「家に帰ってご飯食べてすぐ寝た」

「えー、欲求に忠実だね」

翌朝の通学路、わたしの家出譚に早島《はやしま》飛形《ひなり》がくすくす笑った。

「ホントはすぐヒナに通話しようと思ったんだけど、眠すぎてダメだった」

「あー、だから今朝は一緒に行こって？」

「そうそう……ふああーあ」

「欠伸大きすぎ。動物園で暇してるライオンみたい」

「んな口開けてないって……しゃあないじゃん。昨日寝たの遅かったし」

飛形は小学生の頃から仲良しで、わたしが世界で一番よく話す親友だ。ほわっとしたボブがよく似合う、ぱっと見クールな印象の子だけど、喋ってみると割と砕けているというか、サバサバ系というか、そういうところがテキトーなわたしとウマが合い、気がつけば高校まで一緒で同じクラスだった。

「貧血起こしたのに寝不足とか、また変な光見たりしない？」

頭ぼやぼやなわたしに飛形は呆れたように言う。どうもわたしの見た光は、貧血かなにかの症状だと思われているらしい。そう言われるとなんかそんな気がしてきた。展望台まで届く光とか何ルーメンよって話だし。

「まー今日は体育もないし、古典の授業とかで寝るよ。ヤバそうだったら保健室行くし」

「あーあ、シオ、いつの間にそんな不真面目ちゃんに……ていうか、家出するならうち来ればよかったのに。シオなら全然、一か月くらい匿うよ」

嬉しいと同時にもっともなことを言われる。

というのも、早島家は地元の名家。この子は令嬢と呼ばれるにふさわしいステータスを持っていて、アホほどデッカい日本家屋に住んでいる。あまりにデカすぎて、小学生の時、友達みんなで遊びに行った時、ひとり遭難者が出た。

「うーん、正直思ったけど、あの時はめっちゃ遠くに行きたくて」

「駅のポスターみたいなこと言うね。それで、最後にたどり着いた公園ってどこだったの？」

「……なみやま公園」

「なみやま公園？」

「うん」

「市内じゃん」

「うん」

「桜並木を見下ろせる展望台で有名な」

「うん」

「うち、毎年そこにお花見行くけど」

「わたしも昔、家族でよく遊びに行った」

耐えきれなくなったように「ぶっ」と飛形が噴き出した。

「ちかーっ！　でっかいこと言ってたのに、超地元！」

「言うなっ！　車じゃ三十分でも、歩くと大変なんだよ！」

わたしも迎えに来たお母さんに言われてびっくりした。あそこは昔、妹とどっちが先に着けるか追いかけっこした思い出の自然公園とまんま同じ場所だった。

結局、どこまでも行くつもりで辿り着けたのは、未知でもなんでもないところだった。

わたしは幼稚園の頃に絵本で読んだ『西遊記』の、孫悟空がお釈迦様の手の平から出られないくだりを思い出す。筋斗雲でめっちゃ遠くまで行ったと思って、見つけた柱に記念のサインを残したら、それはお釈迦様の指で、罰として山の中に幽閉される。それから五百年、三蔵法師が来るまで監禁されっぱなし。マヌケだなー、ってずっと思っていたけど、今のわたしはシンパシーを感じていた。

世界って、わたしひとりじゃ歩いていけないくらい広い。

そんな風に突きつけられて、まんまと日常の中に戻されて閉じ込められている。

「それもまたなんかムカついて車の中で黙ってたら、お母さんも機嫌悪くしてさあ。朝もチクチク嫌味言われて最悪。もうなに言ってんのか意味わかんなくて、とっとと出てきちゃった」

「いや、それ正解だよ。そういう時はなに言ってもほんとに無駄だから」

「ねーっ！　なんであんな通じないんだろ。わたしはお母さんの言うこと、別に認めてないわけじゃないのにさー、あっちはこっちの言うこと全否定で、ひどくない？　いや、最初はさ——」

あぁ、わかる、わかる。そうだよねえ。そういう時って、やっぱりー——。

そんな風に、飛形はわたしの欲しい的確なリアクションをくれる。

そうだよね！　やっぱ、わたしの方が正しいよね。間違ってないよね！

やっと息ができたような気がして、わたしはとても嬉しかった。コミュニケーションってこういうことよ。

親友のありがたみを噛み締めるわたしに、飛形は言った。

「まあ、シオのとこは迎えに来てくれたり、ご飯あるだけ優しいよ」

あっ——円満だった会話の流れが少しずつ変わってきた。

「うちはいろんな人の出入りあるから、ちょっとモメるだけでいろんな人の目に触れるの。そしたら、迷惑かけた家全部に謝り行けって命じてきて。それまでは家の敷居を跨がせない、って本当に門も開けないんだよ」

「あ、あー、ヒナんちはそうだよね」

「事前に知らせてくれればいいのにさ、去年とか、楽しみにしてたイベントと全く知らない人のおもてなしが被って超最悪で」

名家の娘の飛形に愚痴られたら、庶民の娘のわたしはなす術《すべ》もない。ホールドアップ。今度はわたしが、わあ、そりゃ大変、と同情する側に回る。

うんうん、わかるわかる。確かに飛形の厳しい家柄に比べれば、ご飯も寝床も出るわたしの家はぬるま湯もいいとこだ。

でも、飛形は今、そういう状況じゃないじゃん！

わたしの厄介ごとも萎えぽよ気分も、現在進行形なんだけど！

今日はわたしのターンだから、うちの方が大変マウントとらないで！

——なんて言わない。言えない。

言ったらきっと、飛形は「なにこいつ」と思って、別の戦いが始まりかねない。

それは、お母さん相手との全力でかち合うレスリングみたいなのとは違って、冷たくてジメジメした水面下の静かな戦いだ。正面衝突も大分しんどいけど、こっちは持久戦になって更にしんどい。

中学の頃、女子女子したクラスメイトと、この手の嫌ぁな戦いを何度繰り広げたことか。

幸い、飛形とやったことはないからこうして一緒にいられるわけだけど、女子の友情なんて明日にはどうなっているかわからない。飛形とは仲良くしていたいから、わたしは自分の番が終わったことを受け入れなくちゃいけなかった。

まあ、これもコミュニケーションってことで。

飛形はご令嬢の辛《つら》いとこ三選をつらつらと語り、わたしは「マジで大変だねえ」としみじみ返す。

一応、そう思う気持ちは本物だ。うまく伝えられているかは飛形のみぞ知る。


その日の授業はものすごく眠かった。寝不足に加えて、春休み明けで頭ができていないからか知らないけど、全体的に話が難しく感じてよくわからなかった。二年にあがった洗礼？　にしたって、そんなアクセルベタ踏みでいく？

なんか違和感を覚えて、睡眠から醒めた直後のしゃっきりとした頭で、古典の授業を聞いてみる。

「……はい、つまりね、□■の■◇は◆から◆◇□れてたばかりに、□◇から■妬さ◆まく◇てた◆て□とね。女子社会って千年以上前からこうなんですねえ――」

なんか、意味の取れない言葉の塊があるイメージだった。そのせいでなにがどうなって、千年前の女子社会の話につながるのか、わからない。まあ、源氏物語なんか興味ないけど、なんかかゆーいところに手が届かないような感じ……。

そして、次の政経の時間、オジサン先生が最近あった汚職事件について喋っていた、けど。

「まあ、□◇◆□ね、■◆◇くて◇い◆□ななお金、つまり税金ですよ、これを別の□□を◆□してかすめ◆□□■たってことで、こんなのが■◇■◇まかり□◆□たら、こりゃ◆□□◆□◆◆◇いいんだって話で……」

——これが本当になにを言っているのかわからなくてびっくりした。

日本語なんだから、どこか話の節々くらいはわかるはずなのに、全く内容が入ってこない。わたしは小二くらいまでは神童と呼ばれるくらいの秀才だったはずなのに、お褒めに預かるがままでいたらこのザマだ。

まあ、大人の汚い事件なんてこれっぽっちも興味はないので別にいいんだけど、先生の独特な抑揚の声が耳に残って困った。

どうもそれは「ハナシカ」みたいな話し方らしい。昼休み、廊下の曲がり角にあるラウンジ的なところで飛形含めて友達と集まってご飯を食べている時に、その話が出た。

「ハナシカって?」

「■◇□◆■る人でしょ」

え、なんて?

またうまく聞き取れなかった。水彩絵の具を落としたように、言葉が滲んだみたいだった。

そんなわたしを置いて「あの人◇◇□◆◆しいよ」「へー?」「あの◆□□◆■■のファンらしい」「あはは、知らねー」と更に会話は流れていくけど、ちょくちょく歯抜けに聞こえる。

声がただの音になっているっていうか、嫌な言い方をすれば、意味がわからない。なんだろう、この感覚。

もしかして、体調悪い？　昨日、目の前が真っ暗になったやつの残党？

なんてわたしの心がザワついている間に、先生の話題はもう落ち着き始めていた。まあ、そんな面白い話でもないし。

浮いたような話の切れ間に、次のトピックを差し込んだのは飛形だった。

「昨日のスースターの動画見た？　あのさ、リョーくんがゴキさんぽいぽいに足突っ込んで、悲しい顔するとこ、かわいくって何度も見ちゃって――」

飛形はこう見えてオタク気質なところがある。特に「スースター」というイケメン動画投稿ユニットがお気に入りで、新作が昨日上がったばかりということで、肌のツヤがいい。

わたしはイケメンアイドルより芸人の方が好きなタイプだけど、飛形から推されたその人たちは面白いので見ている。あいにく昨日は深夜のブチギレ大散歩をしていたので、新作は拝めていない。

飛形の饒舌に他の子たちも「あー、わかる！」「っていうか、昨日の企画神過ぎた」と色めき立つ。ずいぶん出来がいいらしい。

わたしは急いで「まだ見てない！」と会話に交じりかけ、ふと、言葉を聞き逃す感覚がないことに気がついた。どうやって話が広がっているのか、普通にわかる！

そんな当たり前のことに驚いているうちに「っていうか、ミナコまたカレシできたって」と話題が変わった。恋愛師範と名高い同級生の、新情報にわたしは目を丸くした。みんなも目を丸くしていた。「えー、ホント？」「何人目だ？」「元カレだけで体育祭の対抗リレー出れるらしいよ」「エグー！」「あはは！」わたしは笑う。みんなも笑った。

なんだ、なんも問題ないじゃん。さっきはちょっと調子が悪かっただけか。

昼休み終了の予鈴が鳴る頃には、わたしの調子は戻っていつものように談笑できていた。軽い眠気をこらえつつ、気楽に午後の授業に向かう。

「こ□■◇◇た◆□◆◆◇じゃなくて◇詞◇に◆□■■◇とに◇□◆、だから訳は――」

……そして、一瞬で眠りに落ちた。

やっぱり授業はわたしがついていくのには難しすぎだったらしい。まあ、後で誰かにノート見せてもらえばいいや。


家に帰って無料のWeb漫画を読み漁っていたら、ご飯の時間になった。んー、今日の収穫はゼロ。どれも話の筋が途中でわからなくなってしまった。引っかかった台詞を何度読み直しても、「実は彼女は■■◇□□ゼ◆家の◆◆れ◇」みたいな具合で、文字が意味ある言葉として頭に入ってこなくなる。ゲシュタルト崩壊っていうんだっけ、こういうの。

まあ、基本タダだし、馴染みのないタイトルの更新日だから、こういう日もある。

リビングに出ていくと野球の中継がやっていたので、興味なーいとチャンネルを変える。そしたら「ちょっと」とお母さんに怒られた。見てんのかい。そういえば、まだギスギス中だった。せっかく忘れていたのに、改めて窮屈な感じ。

そのうち妹も部屋から出て来て、三人で夕飯を食べる。お父さんは残業だ。今は繁忙期で踏ん張り時らしいけど、年中言っている気がする。一月二日も「初夢、客先に頭下げる夢だった」と言いながら出勤して、一方、遊びに来た親戚とだらだら喋っていたお母さんを見て、わたしはどっちが正しい人間の姿なのか、真剣に考えた。

イライラついでにそんなエピソードを思い出し、喋る気も起こらなくて、しかたなしにテレビに目を向けてみる。野球は球を高く打てばいいというわけじゃないことしか知らない。

「□■■ウト走◆□■、打席には五□◆■。□■■打□■■九◇□□調ですが、果たして」

実況の人が話していることはなんか飛び飛びで、頭に入ってこなかった。授業と同じ感じだ。ピッチャーが投げるまでの時間がじれったかった。

「まだ喧嘩してるの」

突然、妹が言った。振り向くと、スンとした流し目と視線が合う。

「別に」

わたしは短く答えた。自然と口が尖る。すると、お母さんがため息を吐いた。

「はあ……□■■は◆つ◇□□◆◆ってんの」

「なに言ってんのかわかんないよ」

実際そうだし、態度も腹立たしかったのでそう言い返したら、お母さんの目の端も尖った。

それで、また喧嘩になった。

「そんな□□ま□◆◆じけ□◆□◆◆◇よ！　高◇□◆も■◇□◆□もじ■◇■◇いし！」

今日のお母さんは本当に支離滅裂で、とにかくわたしを悪者にしたいのだとしか思えなかった。ブチギレ状態で覚えていないけど、わたしは「なに言ってんの？」としきりに繰り返していた気がする。

妹は気づいたらいなくなっていた。部屋に戻ったらしい。

『空気悪くしてごめん』

ほとぼりが冷めてから、悪いことをしたと思ってそうメッセージを送った。

既読スルーされるかと思ったけど、しばらくして変な犬のスタンプが返ってきた。どれくらい変かといったらお腹に穴が空いていて、真下に置かれたパスタをするするとキャトッていた。……どういうこと？　なんというか、飄々《ひょうひょう》とした子だこと。

飛形にも愚痴を飛ばそうと思ったけど、朝のやり取りを思い出してやめた。

代わりといっちゃアレだけど、飛形の四つあるＳＮＳアカウントのうち、ネット活動用のアルファアカウントを覗いてみる。その名も「とびかた」。飛形はインターネットが得意で、勧められるがままに始めて放置しているわたしなんかとはド桁違いのフォロワーがいる。

今日もストーリーズが更新されていた。

『午後、友達が授業中ずっとスピスピ寝てて可愛かった』

わっ！　と声が出た。わたしのことじゃん、これ！

背景は女子高生がこてーんと机にうずくまっているイラストだった。気の抜けた絵柄だけど、特徴をとらえている。こやつめ。

すぐ突っ込もうかと思ったけど、すんでのところでやめる。飛形は裏アカまで教えてくれているけど、このアルファアカは秘密にしている。リアルとネットは分けるタイプらしい。

わたしは他の友達からこっそり教えてもらったから、飛形はわたしが見ていることを知らない。趣味が悪いとは思いつつ、親友の知らない一面を盗み見ているみたいで、なんかよかった。

たまにこうして、恥が全世界に発信されていてたりするけど。

「いや、恥っず！」

わたしは小さく叫んでベッドに突っ伏す。こういうのはわたしが自分で言うもんでしょうが！

でも、たくさんいいねがついているのを見た途端、「へへ……」と満更でもなくなってくる。我ながら怒ったり恥ずかしがったり気持ちよくなったり、情緒がやり手のビジネスマンばりの忙しさだった。

でも、まあ、これがわたしの日常だ。

基本退屈で、たまに面白くて、まれにイライラして、トータルではいい感じにまとまっている。

きっと、ずっと、こんな感じでこの先も生きていくんだ。

だから別に、わからないことはわからないままでいい。わかるものを大切にしていければ、それだけで幸せでいられる。

——なんて、その時は呑気にもそんなことを思っていた。

2

「シオ、大丈夫？」

「ふぁお？」

突然、飛形にそう言われて、でかけた欠伸が引っ込んだ。ダイジョウブってなんだ？　と一瞬、わからなくなる。

いや、ダイジョウブは大丈夫に決まっている。

「だ、大丈夫」

わたしはわけもわからず、オウム返しをした。

それは、お昼休みの会食から教室に戻ってきたタイミングだった。中断されたあくびが、鼻の奥に残っているような気がする。

「ほんと？　なんか、最近シオの口数少ない気がして」

「そ、そう？」

わたしは動揺する。なにかならなにまで、いたっていつも通りだ。

「私にはそう見えたよ。授業中もずっと寝てるか上の空だし……まだ親とギスギスしてるの？」

えー、まあ、している、といえば、している？　もう最近はなにか言われてもピンと来ないから、適当にいなして会話を終わらせている。前より会話は減ったからある意味、ギスギス継続中っていえるかも。

ただ、家が厳しい飛形にそう言うのは抵抗があった。「その程度、うちに比べれば」みたいに思われるのは少し面倒だった。なのでここはちょっとおどけてみる。

「ギスギスっていうか……今は、ビヌビヌくらい、かな」

「なに？」

「えっと、お互いに触らぬ神に祟りなしって感じ？」

「ふうん……」

スベった。いや、ウケを狙ったわけじゃないけど、誤魔化せたんだか、いらない藪を突いたのか、判断できないくらい微妙な空気になってしまった。

「ま、まあ、二年になって授業むずすぎで、知恵熱出てるのかも知んない。それでぼーっとするっていうか」

「それ、やっぱり体調悪いんじゃないの？　寝れてるの？」

「えー、最近はぐっすりだよ。ぐっすりすぎるくらい」

実際、毎晩八時間睡眠の上で、授業も居眠りタイムとしているわけだから絶好調だった。

わたしの言葉に飛形はなにか言いたげにしたけど、授業開始のチャイムに阻まれる。

「……無理しないでよ」

「いやー、わたしにはできないって。でも、ありがとね」

午後の気怠い授業が始まる。世界史。最近になって年号が紀元前から紀元になった。要するに西暦になったってことだ。なにかとよく聞くローマ帝国とか出てきているけど、もうすでに迷子状態。ここから二千年とか気が遠くなる。

わたしでも西暦っていうのは、キリストの生まれた時から始まったっていうのは知ってる。まあ、他は聖書の最初の方の知識があるくらい。神がいて、光あれとか、空できろ、海できろ、とあれこれ命令して世界を作っていった。

しかし、言ったことがなんでもかんでも実現するなんて、ヤバいなあって思う。言葉の重みが文字通りに違いすぎる。さっき適当にビヌビヌとか口にしたけど、仮にわたしが神だったら、そこでビヌビヌが誕生するわけだから大変だ。ビヌビヌが街中を闊歩し始めても責任は持てない。ほんとごめーん！　ってどっか逃げる。

「■◆□◆□◆◆◇□◆□□□◆◆□■■◆■◇◆□□◆◇□□◆□◆◆◇□□◆■」

なんて考えている間にも先生がなにかを話していた。相も変わらず、わからない言葉——。

……あれ？　その時、わたしは突然気がついた。

いくらなんでもわからなさすぎる。なんか、こんなだったっけ？

前までは言葉の節々くらいならわかった気がするけど、今は完璧にぐじゃぐじゃで取り付く島もない。嘘だ、いつの間に？　それとも、これも気のせい？　わからない。

——最近シオの口数少ない気がして。

さっきの飛形の台詞が脳裏をよぎった。わたしの口数が？　いやいやご冗談を、と思ったけど、あの飛形が言うんだから適当なことではない気がしてきた。

途端に、もし友達相手に、授業中とかお母さんにするような態度を取ってしまっていたら、と気がかりになった。いや、もちろんわたしにそのつもりはないけど、無意識にそういうスタイルを発揮していてもおかしくない。

緑内障で片目がほとんど見えないおじさんが、視界は気づかない間に蝕まれていくとか言っていたのを思い出す。少しずつだから、完全に見えなくなっても気づかないらしい。だから、眼科検診はちゃんと行けって口うるさく言っていたのと同じで、わたしも——。

その時、心に軽い小石のようなものがコツンと当たったように、気づく。

わたしは壇上の先生の話に耳を傾ける。なにを言っているかわからない。お母さんが言っていることも、守備範囲にない漫画も、テレビの野球解説も、おんなじようにわからなかった。

わたしは思い出す。

今朝もお母さんになにか言われた。

なにを言われたかわからないけど、なんかうんざりして適当に返事した。

わたしは思い出そうとする。

今日の昼休みも、いつものようにみんなで集まって、わいわいお昼を食べていた。

楽しかった。あはは、って笑って、それねー、って指さして、マジで⁉︎　ってびっくりして……。

でも、なにを話していたんだっけ？

なんだっけ。なんだったっけ。わたし、なににビビったんだっけ。

——◇◇■■上っ□知ってる？

確か、そういう導入だった気がする。それに、誰かが反応した。

——ああ、あ◆、◇◇□◆◆に□◆◆□子？　□□◆、し◆◆□■■◆頭□い。

——そう！　な■◇□□い□◆■っ□■■て、□◆届◆てるらしいよ。

——えぇっ！　■◇って、逮捕さ◇◇ってこと？

逮捕！

わたしは突然の物騒な言葉にびっくりしたんだ。マジで、ヤバい！　なにがヤバいのかは……わからない。でも、ええっ！　て声に出した。みんな「ええっ！」って顔だったから。

——◇□よ！　警◆に探◆□■て◇◇□■■の。誘□□れたかも知れないから。

——■□□。でも、あ◆■ゃ□い？　◆□■□し◇る■けとか。

その時、黙っていた飛形がわたしを見た。思えば、あれはわたしがなにか言うことを期待した目だったような気がする。なに？　逮捕絡みで？

でも、わたしは、ふうん、って反応をした。そういう空気だったから。

それが正解だと思ったのに、飛形にとってはそうじゃなかった。だから、さっきはあんなこと言ってきたんだ。本当はあの時、どういう話の流れだったんだろう。わからない……。

あれ？　ちょっと待って。

「……わからない？」

授業中だっていうのに、思わず呟きが漏れる。

実はみんながなに言っているのか、全然わかっていなかった？

先生の話みたいに、お母さんの小言みたいに、野球の実況解説みたいに。

――□察□□る◇◇見■◆◆な◇□か家◆■プ■じゃん。

だらだらと汗が出てきた。な、なにこれ。変な汗だ。べっとりしている。液体ノリかってくらい。

わたしは開いているだけの真っ白なノートに目を落とした。板書が難しすぎてうまく写せずに、結局、書くのをやめてしまった、と思っていたけど。

本当のところ、難しいからじゃない、としたら。

単に、わたしが――言葉がわからなくなっているだけ、だと、したら。

教科書を見る。たくさんの細っちい線がうねって重なり、謎の幾何学模様を描いている。

先生の声を聞く。ただの音が響くばかりで意味が入ってこない。

わたしは思い出す。お母さんはなにを言っているのかわからない。

テレビの実況解説。

世界が喋っている。

逮捕――。

飛形の目。

わたしは、ふーん、と言う。

なにもわかっていないことにも気がつかないで。

キーンコーンカーンコーン！

その時、チャイムが鳴った。先生がなにかを言って、教室から出ていく。その風景を見て、あ、授業が終わったんだ、とわかった。

休み時間になって、クラスが色めき始める。わたしは喧噪に向かって必死で耳を澄ました。

「◇ー、◇□◆◆□■◇、◇□◆～」

「□■、◇◆□□◇■◆◆□？」

「◆□、◆□■■□◇□◆□□◆◇」

思わず、うわ、と声が出そうになった。

そこに言葉はなかった。

いや、違う――言葉はあった。言葉にあふれていた。

だけど、それはわたしの耳に入っても、なんの意味もないノイズになって消えていってしまう。今までの、なんの興味もなかったことたちと同じように。まるで、日差しだけがやたらめったら強い、からっからの砂漠みたい。

わたし、言葉がわからない――。

すーっと目の奥から魂が抜けていくような感覚が襲ってきた。ねじが緩んだみたいに、頭がグラグラし始める。ちょっと待って、なんで、どうして？　いつの間に？

いや、さっきはそんなことなかったよね？

全部、普通にわかって、お喋りできていたはずなのに……。

そう、飛形！　飛形の言っていることは隅から隅までわかった。そりゃダテに幼馴染やっていない、当然だ。

わたしは立ち上がった。

「ヒナ！　ヒナ、ヒナ！」

一目散に飛形のもとへ向かう。このヤバい事態を知らせないと。やっぱ大丈夫じゃなかった！　って言わないと。それでどうなるってわけじゃないけど、とにもかくにもそうしないと、わたしの精神が持ちそうになかった。

席に着いたままの飛形は、驚いた顔でわたしを見上げる。

そして、わたしが口を開くより先に、言った。

「■、■□□◇◆、◆◇□◆■□」

「えっ」

正確には、言った、ように見えた。

実際に、飛形の口から出てきたのは音だった。なんていうか、こういうことは本当に思いたくないけど、敢えて表現するならそれは——ヒトの鳴き声としか言えないような、謎めいた響きを帯びていた。

わたしの人生で、一番たくさん言葉を交わしてきた親友の口から出た、理解不能な音声の束に、ぞわり、と冷たい波が全身をつたう。

「ヒナ……」

一番の友達の飛形の言葉すら、わたしの心に届かない。

その時、わたしは悟った。とてつもない不幸がわたしを襲っている。

息が苦しくなった。さっき感じた頭のグラつきが、突然ブワッと大きくなる。手足に力が入らなくなる。視界がガクッと傾いて、クラスメイトの顔がぐるりと横転する……。

「□、◆◆□■、◆□……□■！」

飛形の焦った声がする。

だ、大丈夫、ちょっとフラっときただけ……と応えたかったけど、ちょっと——ムリだった。

わたしの身体は落ちていき、そのまま真っ暗になった。

3

ドサッ、と倒れた瞬間、わたしはベッドに横たわっていた。目だけで辺りを見渡す。

白いシーツに白色のカーテン、白い天井に白い蛍光灯。保健室だった。

「んん……なんで……？」

わたしは身を起こす。意識がパチパチして、なにがなんだかわからなかった。

えっと、確か、わたしは気づいたら周りの言葉が理解できなくなっていて、めっちゃびっくりして、それを飛形に伝えようとしたら、飛形の言っていることも潰れていて――。

その場面を思い出しながらも、わたしはあれが現実だと信じられなかった。いやいやいや、飛形とは家族よりも長い時間、話してきたんだ。通じなくなるなんて、そんな、夢でもありえないって……。

夢？　あ、そっか。夢か。

思わず、わたしは笑いそうになった。倒れた拍子に夢から覚めたんだ。そうじゃなきゃ、ベッドへワープする能力に目覚めたか。それでも全然いいけど。

なんて安堵していたら、シャッとカーテンが開いて飛形が顔を出した。

「◆□■◇■◇？」

その言葉はべっちゃんこに潰れて、わからなかった。

思わず喉からひぐ、と変な音が出る。

「ゆ、夢じゃない……」

だとすれば、ベッド限定のワープスキルもあるわけない。わたしがショックで時間も感じないほど完璧な気絶している間に、運ばれてきただけだ。飛形はその付き添いを買って出てくれたんだと思う。

そんな友達の言っていることがわからないなんて。

わたしの頭の中に、ずーんと重たい雲のようなものが渦巻いた。まさに「暗澹《あんたん》たる」という感じ。なんだか自分が突然、わけもわからないものに変わってしまったみたいで、悲しいような苦しいような感情でギトギトになっていた。

落ち込むわたしに、飛形は深刻そうな顔をして口を開く。

「■◇◇□◆◆□。◇□□◆■□■■◇■◇■□□◆◇◇□……」

声は単なる音になって、わたしの耳を突き抜けていった。存在も知らなかったような国の、文字すら見たこともない言語みたいに、清々しいほど意味が通じてこない。

ただ――飛形の顔を見れば、眉はぺたんとハの字に下がり、声音も気遣うような響きがある。

その様子から、飛形が「大丈夫?」とわたしを心配してくれているのがわかった。

「ごめんごめん、心配させて」

ひとまず安心させようと、わたしはそう告げる。

その言葉に飛形は口をぱくぱくさせ、なにか返事をした。

「□□◆■◇■?　□■◇□□■■◇■□□◆◇◇□◇◇□◇……」

うーん、今のはなんて言ったんだろう。わたしは考える。

わたしが飛形の立場なら「気分はいかが？」的なことを言う……かな。

「えっと、今もう全然平気。がっつり寝たから、かな」

「■◇？　□■□？　◇■◇■□■□■◇□□」

今度はちょっと怪しんでいる。「本当に？」とか言ってそうだった。

「うん。さっきはちょっと――」

と、口を開きかけて言葉を詰まらせる。

飛形がなに言っているのかわからないのがショックすぎて――なんてバカ正直に話したら、飛形はどう思うんだろう。

これまで散々、親だとか教師だとか、大人の言うことはわからん、って小馬鹿にしてきたのに、飛形たちのことも同列に思っていると受け取られちゃうだろうし。

そもそも「飛形の言ってることがわかんなくてさー」なんて、面と向かって言う勇気がなかった。失礼にもほどがあるし、信じてもらえるかも怪しい。

これはわたしが意気地なしってわけじゃない気がする。誰だってこうするはずだ。

「えっと……ごめんね、ホントは寝不足気味でフラッフラだったんだよね。しかも、授業で知恵熱が出まくりんぐで、血が足りなくてぶっ倒れたんだと思う」

結局、わたしはそうごまかした。ひとまずこの場は凌げて欲しかった。

飛形は変わらず、晴れない顔のまんまだ。

「◆□□◆□◇■◇◇■◆◇◇■■◇□◆◇■□◇■。□◆、◇■、◇□□■■◇■□□――」

「◇、□■◇□、◆□■■◇？」

と、そこへ、養護の先生がやってきた。わたしめがけてなにか言ってくる。

だいたい、こういう時の台詞は「調子はどう？」だと思う。

「あ、もうなんともないです」

「□■、◆◇◇■。□□◆■□■■◇■◇■□□■□□◆◇■◆◇◇■■◇□◆◇■」

先生はなにかを告げて去っていく。対応のあっさり具合にちょっと心細くなったけど、構うこともないくらいわたしは回復しているんだろう。

雰囲気的に出て行ってよさそうな感じが出てきたところで、飛形が口を開いた。

「■、◇□、■◇□□■■◇■」

なんだろ、と思ったら、わたしのカバンがベッドの脇から登場した。教室から持ってきてくれたらしい。というか、もう放課後か。

「わあ、めっちゃ助かるー、ありがと！」

体調が戻ったという自己申告もあながち間違いではなかったみたいで、ふつうに立ち上がれた。カバンを肩にかけ、「失礼しましたー」と退散する。机の書類に向かった先生からは「□□◆■ー」と気安い声が返ってきただけだった。

「□□、◇◇、◇◇□◇◇□◇■◆■□■■、■◇■□□◆◇。□◆◇■□◇■」

廊下を出てすぐに、飛形が心配そうに言ってきた。

ちょっと考えて、そういえばわたしがぶっ倒れる直前「ヒナ！　ヒナ！」と何度も呼んだことを思い出す。あれがなんだったのか訊いているのかも。

「あー、えっと、あのことはもう解決したから、気にしないでいいよ」

「◇、■◆……？」

気絶している間に解決って何事だよ、と口にしてから思ったけど、飛形は納得してくれたみたいだった。

「というか、わたしが倒れた後、ヒナがどうにかしてくれたんでしょ。ほんとありがとね」

「……■◆■、□◇◇□◇■◆■□■■◇■◇■□□」

飛形にしては珍しくもじもじしている。なんかかわいく見えた。

「はは、そんな照れなくていいのに」

「□◇◇◆。■◇□□■■◇■□、◆□■■◇、◇、◆◇◇■■◇……■□□■□□◆◇……」

「◆、◇◆！」

と、廊下の向こうから声がした。見ると、いつもお昼を食べているメンバーが手を振っている。

「◇■◇◇ー、□□■■◇■」「□ー、◇■◇■□□？」

例に漏れず、なにを言っているかわからない。口から出てくる不思議な音としてしか、この耳には響かない。

でも——今のわたしは動揺しなかった。

なぜなら、みんながなにを言おうとしているのか、顔とか声の調子からわかるからだった。

きっとわたしは心配されている。「大丈夫?」とか「生きてた」とか、そう声をかけてもらっているんだと思う。

「ごめんごめん、昨日徹夜でドラマ見てたから、眠気大爆発しててさー」

わたしの台詞に、みんな「あー」という顔をした。

「□◆、◇◇■□ー。◆◇◇■■□□◆□■■◇■◇ー」

「□◆◇『■■□□◆』◇◇■■◇□◆◇■□◇■□◇」

口々になにか言う。わたしの頭に、その意味は入ってこないけど——問題ない。

あー、あるある。わかるわかる。そうだよね、うちもやるわー。

わからなくなった言葉の裏側から、そんなメッセージがひしひしと伝わってくる。わたしには、みんなの言いたいことが、表情とか声の調子とか、言葉以外のところを通して、わかる。

「っていうか、ぶっ倒れた時の記憶飛んでてさ、保健室にワープしたのかと思った」

わたしの冗談に、みんな声をあげて笑って、なにかを言った。マジでー、ヤバいね! そんな驚きの反応に、わたしは「あはは」と笑う。伝えたかったことを共有できて、嬉しかった。

それから、みんなの話すことに「それねー」と相槌を打ち、言いたいことを思いついたら、タイミングを見て口に出した。すると、みんな揃ってそれねー、という顔をしてうなずき、口々になにかを喋った。

きっと誰も、わたしがみんなの言っていることをわかっていないなんて、夢にも思ってない。

そっか。そうなんだ。わたしは少しずつ気づいていく。

コミュニケーションに言葉なんか必要ない。

というか、そもそも言葉でするものじゃないんだ。言葉は上辺のツールでしかない。便利だから使っているだけで、人間の交流ってそれ以前のところから始まっている。だから、通じない人にはいくら話したって通じない。逆に、通じている人なら言葉がなくたって、いくらでも通じ合える。

言葉なんてあってもなくても変わらない。わたしはその事実に感動を覚えていた。

それなら、別に――ずっと、このままでもいっか。

いつしかわたしは、この事態をごく自然に受け入れていた。

4

そんな感じで、わたしは言葉がわからなくなってしまった。

耳に入る言葉も目に入る言葉も、どっちも同じように意味不明な記号として筒抜けていく。

幸いというか、なんでだよと思うけど、頭の中で思ったり自分から発する分には問題なかった。言語機能そのものはなんか生きているらしい。もし、それもなくなっていたら今頃どうなっていたのか、とか少し考えたりもしたけど、まあ、なってないなら考えるだけムダだった。

それで結論からいうと、わたしは特に不自由もなく過ごしていた。

まず抱いたのは、街っていうのはわかりやすくできているんだなあ、という感想だった。信号も標識も看板もポスターもパッケージも、だいたい見ればわかるようになっている。おかげさまで、大好きなバナナフレーバーのドリンクをコンビニで買うことができた。

スマホだって、動画サイトをぷらぷらして、漫画を読むくらいにしか使ってないし、どっちも字がわからなくてもなんとなくわかる。というか、なんてわかりやすくしてくれているんだろう、ってびっくりした。

特に、いつもなんとなく見ていた飛形イチオシのスースターの動画は、BGMとか効果音が丁寧に入っていたり、字の形とか色も使い分けたりしてくれているから、誰がどう発言して、どういうムードなのか、これから展開がどうなるのか、すんなりと理解できる。これはすごい。こんなクオリティのものが溢れているんだから、どうかしている。

そうでなくとも、ダンスとかコスメとかのショート動画は、もとより頭カラっぽでも見られるし、わかる。ゴロゴロしながらスイスイスイッとスワイプしているうちに、時間が溶けてサラサラ消えていく。で、お母さんがご飯に呼ぶ声を聞いて、うわってなる。この辺はもう、言葉があってもなくても変わらない。

むしろ、言葉のわからない方が楽なような気がしてきた。

今の状態を受け入れてから、わたしの頭に入ってくる情報はめちゃくちゃ減った。お母さんの小言も、テレビのお喋りも、学校の授業も、ＳＮＳの事件も、家の中から眺める大雨みたいで、わたしの中に入ってこない。感情を揺さぶってこない。疲れない。

でも、友達と話したり、漫画とか動画を見たりするのはちゃんと楽しい。

同じ「わからない」なのに、この差はなに？　と思っていたけど、単にわたしの興味の問題だと気がついた。

思えばこの症状だって、興味がなかったり、聞きたくないようなことから順番に意味不明になっていき、最後に飛形の言葉を見失ってトドメを刺されたのだ。だからこそ、完璧に言葉がなくなってしまうまで放っておけたわけだし、それがいい感じの慣らし期間になって、今の平穏な暮らしに繋がっているんだと思う。

言葉があろうとなかろうと、わたしの生活は基本退屈で、たまに面白くて、トータルではいい感じにまとまっている。それどころか、興味のない、いらないものが頭に入ってこなくなって、もっとスッキリした感じになった。洗練されたのだ。

「えーっと、わかりません」

現代文の授業で名指しされて、わたしはそう答える。

初老に右足の人差し指くらい入った先生が、嫌味っぽくなにかを言った気がしたけど、わからないのでなんのダメージもない。先生もわたしと同じ立場になってみれば納得してくれると思う。あ、この人、本当にわからないんだって。

まあ、もちろん、現実的にこのままじゃヤバいっていう認識はある。なので一ミリも内容の入ってこない授業の最中、脳内臨時会議を開いて、これからのことを考えてみたりもした。

『ということでヤバいんじゃね派の百瀬汐梨《ももせしおり》さん、意見をどうぞ』

司会者のわたしAが、有識者わたしBに話を振る。

『長い目で考えてみなよ。世界はびっくりするくらい変わっていく。今はなんとなくついていけても、来月には絶対わからなくなってるよ。スースターの最新動画も、恋愛師範ミナコの次のカレシのことも。それで本当にいいの？』

『あー、確かにー』と脳内聴衆のわたしたちがどよめく。有識者わたしBは得意そうに続ける。

『ていうか、授業も聞けなくてテストどうするの？　まあ、最悪ヌルい学校だから卒業はさせてくれると思うけどさ、じゃあ、受験は？　就職は？　なんの取柄もないわたしが言葉もなしに、この社会を渡っていけると思う？』

うーん、鋭い指摘だ。こんな症状になった時、真っ先に憂うべきことだ。

『ありがとうございます。以上を踏まえて、みなさんはどう思われましたか？』

司会者わたしAが聴衆の方へ話を振る。

聴衆のわたしたちはシーンとしている。みんな思うことは一緒だった。

代表して、たったひとりのわたしが告げる。

『ぶっちゃけ、どうでもいいんだよなあ……』

そんな未来のことなんか、なんの実感もなかった。

だって、今のわたしはなんにも困ってないし、怖くもない。もしもこれが変な病気で、来月死んじゃうんだとしても、苦しくないなら別にいいし、死んだら死んだで献体に出してもらえば、脳科学の発展に役立つと思う。それで言語を司る部分がどうなっていたか判明次第、あの世で教えて欲しい。そうなんだーって思いたいから。

こんなのって、おかしいんだろうな、とふとした瞬間に考えたりもする。でも、案外ほかの人も、言葉がわからないくせにわかったような顔をして生きているのかも知れない。

「ねえ、わたしさ」

そう思ったわたしは、いつも通りの昼休み、みんなに向かってさらりと言ってみた。

「実は日本語全然わからないんだよね」

すると、あははは！　と笑い声が立った。あ、ウケた。これってウケるんだ。まあ、実際、ウケるよね。

それから、口々になにか言われる。もーなに言ってんのー。春が来て頭のネジ緩んだ？　わからないけど、きっとそんなところだろう。「ヤバいよねー」と口にすると、それっぽい空気になる。

その中で飛形だけは、「はは……」という感じの、なんともいえない愛想笑いを浮かべていた。確かに普通ならそういう反応をするんだろうけど、今はそういう空気じゃない。もしかして、本気にしちゃった？　だとしたらピュアすぎる。自分から爆弾発言を仕掛けたくせに、わたしはちょっと心配になった。

とまあ、わたしはこんな事態にもあっさりと適応して、毎日それなりに過ごしていたし、そのままでずっといけるものと思い込んでいた。

もちろん、そんなわけないだろ、と現実を突きつけられるのは、それから一週間も経ってからのことだった。

5

朝、わたしが洗面所の鏡で髪をいじっていたら、真横に妹がぬっと立っていた。

「わっ！　びっくりした！」

人が驚いているっていうのに、妹はどこ吹く風で歯ブラシをシャコシャコ言わせながら、半開きの目でわたしを見る。それから前触れもなく突然ペッすると、口をゆすいで、フラッと去っていった。

我が妹ながら、なにを考えているのかわからない子だ。口数少ない方だからいいけど、今後コミュニケーションの必要性が出てきたら、今のわたしじゃお手上げだった。

ただ、最近は話さなすぎな気がする。今だって、一言「歯磨きたい」っぽいこと言ってくれればどいたのに。いくら朝が弱いからって、前まではちゃんと言ってくれていた気がするんだけど。

こうなったのは、いつからだっけ。やっぱり、半年前の誕生日イタリアンすっぽかし事件から？

……うーん。いまのわたしには確かめようがないし、まあ、別にいいんだけど。

それにしても、一ミリもわからない授業を聞きに、学校へ通い続けているとかわたしはなんて立派な高校生なんだ。そんな風に思いながら玄関で靴を履いていたら、お母さんになんか言われた。あんま重要じゃなさそうだったので、「んーっ」と適当に流して家を出る。いつも通りだ。

学校に着いて、今日は先に来ていた飛形に「おはよー」と言う。飛形も多分、おはようって返してくる。

「◇■、◇■◇■□□◆◇◇□◇？」

それからなにかを言った。なんだろ？　わからないけど、「んー、まあ、なんとかなるっしょ」と返した。わたしの発見した万能台詞のひとつだ。

「□、□■□□◆◇……」

飛形はなんとも曖昧な表情をしていた。

それで結果からいうと、全然なんとかならなかったのだからすごい。

午前中の前半はいつものようにぼへーっと過ごして、後半もぼへーっと過ごそうとしていたら、みんなどこかへ行って教室にわたしだけになっていた。これにはさしものわたしも戸惑った。

え、今日体育の日じゃないよね？　と、読めもしない時間割を宝の地図みたいに矯《た》めつ眇《すが》めつしていたら、飛形がやってきて「■！　◆□！」と、多分、わたしを呼んだ。

「□□◆■□■■。□□◆◇◇□、◇□◇◇□◇■」

なんだ、なんもわかんない。こんな日は初めてだった。

とりあえず移動する流れな気がして立ち上がる。なぜか飛形が手提げをぶら下げていたので、わたしも真似てカバンを持ち、わかっている風な雰囲気を醸しながら飛形の横に並ぶ。もしかして、このまま帰るのかも、と少しワクッとした直後、そっけない屋根がついているだけの渡り廊下にさしかかって「あっ」と察した。

それは調理棟へと続く廊下だった。

調理実習！

遥か昔のように感じる一年生、二月の記憶が、わたしの脳裏にバチバチッと蘇ってくる。そういや――新しいクラスの懇親会がてら、二年になったらすぐに調理実習をやる、みたいな話をしていた気がする。その時は結構楽しみにしていたはずなのに、最近のゴタゴタですっかり頭からすっぽ抜けていた。

連日、味のしない授業続きだったので、これは嬉しい。にわかにテンションがブチ上がった。もらったのを忘れていたリッチなアイスが、冷凍庫から出てきたみたいな気分だ。

今日ってことを知らなかったのでなんの準備もないけど、料理はバレンタインにチョコケーキを作って配り歩くくらいにはやるから、その辺を張り切ることで勘弁してもらおう。わたしはウキウキ気分で渡り廊下を往く。

にしても調理棟なんて、全国大会常連な調理部があるような建物の割り振りだけど、これには歴史がある。昔、この学校の敷地は軍需工場の一角だったらしい。軍需とはいっても、銃とか飛行機のパーツとかじゃなく、携帯食料とかの兵糧を扱っていたとか。

で、戦争が終わって、ものすごいなんやかんやがあって、われらが母校ができた。

そのなんやかんやの間にほとんどの建物は解体されたけど、素材処理をやっていた建物だけはなぜか残り続け、結局その基礎を流用して調理棟を仕立て上げたらしい。だから、不自然な位置にポツンと取り残されていて、毎年取り壊すの壊さないだのの議論が、大人の間で盛り上がっているとかないとか。

わたしとしては、戦争のためのものが教育のためのものに生まれ変わるなんて、平和になった感じがしていいじゃない、と思っていた。ロケーションは悪いけど、コンロと流しが一生分あるので、もし調理部があったら入っていたかも知れない。いや、あるにはあるんだけど心霊スポットになっているらしい。幽霊部員だらけという意味で。

調理棟の構造はシンプルだった。入ると廊下があって、調理室と調理準備室がある。奥にトイレもある。終わり。広さとしては教室四個分くらいで、そのうちの三個を調理室が占めている。

調理室に入ると、みんなエプロンをつけ、材料をテーブルに広げてワイワイしていた。まず目につくのは大きな寸胴鍋、それからどっさりのパスタ麺。そのほか、パスタソースに使うであろういろいろな食材。あー、いい雰囲気。

「■◆◇、■■◇□◆◇■□◇■?」

うっとりするわたしの前で、飛形が手提げから食材を取り出しながらなにか言った。流れ的に、わたしがなにを持ってきたのか訊いているんだろう。

「なんも準備してないわ」

「◇、◇□!」

正直に言うと、飛形はギョッとした顔をした。周りで談笑していた人たちも、わたしの台詞にマジで? みたいな顔をする。哀れみの視線すら感じた。え、そんな驚くこと?

「大丈夫でしょ、その分、めっちゃ働くし」

「◇◇□◇◇! ■◇■□□、■■◇□◆◇■□◇■□□□◆■□■■◇■◇■□□■――」

飛形はなにか言うけど、どうしてこんなにうろたえているんだろう。こういう時、言葉がわかれば便利なのになー、とか異星人みたいなことを思った。

持ってこなかった分は働きで埋め合わせるのはいいとして、エプロンがないのは困る。制服を汚すのは嫌だ。あと、三角巾も欲しい。

まあ、なんかしら備品があるでしょ、と気楽な気持ちで、わたしは家庭科の先生のもとへ向かった。背の小さいおばちゃん先生だ。

「先生ー、あの、今日の準備全部忘れてきちゃって――」

調理めっちゃ頑張るんで、と言おうとする前に、先生の黒目がちな眼差しがギラッとわたしを睨みつけた。そして、口をクワッと開く。

「■□□！　◆◇、◆■□！　■□□◆◇◇□◇◇！」

その小さな体躯から出るとは思えない怒声だったので、びっくりしてしまった。信じられない、この世にこんなアホがいるなんて！　とでも言わんばかりの声色と音圧だった。多分だけど、その通りのことを言ったんだと思う。

「□◇■◇、■■◇■◇■□■□■◇！　◇□、□■■◇■！」

突然の展開に面食らいすぎてのっぺらぼうになったわたしへひと吠え告げると、先生はトットコ歩き出す。ついてこいって？　なんだ、ちゃんと対応してくれるのね。どうせなに言われてもわからないし、怒られて済むなら安い。

そう思ってノコノコついていったら、隣の準備室へと連れていかれた。

準備室とはいっても、実質的にはめちゃデカ食器棚、という感じで、大皿や丼といった食器から各種カトラリー、料理道具が詰め込まれている部屋だ。何度かリノベされているらしい調理室と違い、こっちはおばあちゃん家みたいな年季の入った空気が漂っている。

そんな懐かし空間に癒しを覚えながら奥に踏み込んだわたしは、衝撃の光景に目を剥いた。

「げ……」

そこにはちょっとした生態系なら作れそうなくらい、大きなシンクがあった。漁師さんがデッカい魚を捌く系の動画で見るようなやつだ。

まあ、それはいい。あってもいい。わくわくするし。

でも、そこに突っ込まれている大量のお皿は、なに？

しかも、食べた後と完璧にわかるような汚れが、一枚一枚がご丁寧に浮かんでいる。誰がどう見たって、洗われるのを待っている陶器の群れだ……。

「◇□、□◇■◇◇■◆◇◇■■◇□。◇■□◇■□□◆■□■」

先生はなにごとか言いながら、わたしにゴム手袋とスポンジを差し出してきた。

「え、ちょっとまさか……」

ものすごく嫌な事案が進行している気がして、受け取りをやんわり拒否したら、先生が眦をギンッ！　と開いて、怒鳴った。

「◇■◇■□■□■◇！　□■■◇■、□◇■□□◆◇◇！」

「は、はい！」

おばちゃんの大声の圧の前では、言葉がわからないことなんて全く役に立たない。

わたしはあっけなくゴム手袋とスポンジを受け取ってしまい、先生はなにか強い口調で言い残すと、準備室を出て、後ろ手で扉をピシャリと閉めた。あろうことかガチャンコと音がする。

え、鍵かけた！　とパニックになりかかったけど、普通に中から開けられるタイプだったのでほっとする。それでも常に廊下で見張られいてる予感がして、こっそり抜け出す気にはなれなかった。

仕方なく、わたしは汚皿《おさら》でいっぱいのシンクに向き合う。

「うげぇ……」

準備を怠ったペナルティが、この大量の皿洗いだってことはわかったけど、それ以外がわからなすぎるのが嫌だった。この皿たちがどこから来たのか。何故、これがペナルティなのか。食洗器くらいないのか。いつそんな周知があったのか。どうして誰も教えてくれなかったのか――。

そうか。元はといえば、言葉がわからなくなったのが悪いんだ。

そのせいで、わたしはこの、どこから湧いたかよくわからん汚皿《おさら》の始末をさせられる。

わたしは料理は好きだけど、洗い物が大嫌いだった。誰だってそうかも知れないけど、わたしは頭ひとつ突き抜けていると思う。掘った穴を埋めるようなほとんど意味のない作業に感じて、ただひたすらに辛くなってしまう。

しかも、自分で出したやつならともかく、どこの馬の骨かもわからないような洗い物なんだから、なお悪い。

せっかくの気晴らしだと思ったら、もう最悪だ。わたしは初めてこの謎の症状を恨んだ。

怒りを込めながら、ガンコな油汚れを皿から引き剥がしていく。ほどなく、ゴム手袋の内部が汗に濡れて蒸れて、ぐにょぐにょとキモい感じになった。萎える。でも、脱ぎ捨てて素手でやるような元気もない。得体の知れない汚れほど、触りたくないものはない。

わたしが自分の手を見つめて絶望している間、隣の部屋からはわいわいガヤガヤ、楽しく料理する音が漏れてきた。それがあまりにも羨ましすぎて、悔しすぎて、ぽかっと開いた口から歯がポロポロと抜け落ちていきそうだった。

でも「明日の家庭科は調理実習で、自分でパスタとソースを準備して持ってくるんだよ」たったこれだけの情報、どうやって言葉のない生活の中で仕入れればよかったんだろう。

そう思うと、無性にイライラしてきた。将来のことは一ミリも不安に思わなかったくせに、調理実習でハブられていることはめちゃくちゃ癪《しゃく》だった。

「くそう……もう！　この、うんち！　うんち皿め！」

ガショガショ、と皿をこする。バシャバシャと水が跳ねる。

効果音がいちいち、私を馬鹿にする言葉のように聞こえた。そんなわけないけど、「そんなわけない」っていちいち宥めないと、ブチギレて片っ端からフリスビーにしてしまいそうになる。

水切りみたいなのがなかったので、洗い終えた皿はそれっぽいカゴに立てかけていく。これが全然フィットしなくて、油断するとすぐにパタッと倒れそうになる。ムカつく。せっかくフリスビーを免れたのに、今度はドミノになろうってのかよ。

こんなだらしのない陶器に頼らないと食事もできないような人類が悲しくなった。これがなければ、わたしはパスタにありつけたのに。もうこの際、全世界一斉に「せーの」で使うのやめない？　フライパンとか鍋から直接食べようよ。

なんて人には聞かせられないような、理不尽な悪言を心の中で延々と唱える中、わたしの耳に——

―それは飛び込んできた。

「……めいえん……」

わたしは思わず手を止めた。

なんだろう。聞き馴染みのある、懐かしい響きがどこからか聞こえたような気がした。

わたしはダバダバと水を吐き出す蛇口を止める。一気に世界が静まり返る。

「……ようせつ……りょうじ……」

今度はちゃんと聞こえた。どこからだろう。

ンギュンギュとしつこいゴム手袋を脱ぎ、わたしはシンクの下にかがみこむ。

「もじあみ……れいき……」

流れていく下水を遡るように、その声は響いてきた。しょぼしょぼしていて、すぐにでも消えてしまいそうだけど、この耳にはっきりと届いてくる。伝わってくる。

にわかに心臓がバクバクと熱くなってきた。

「……言葉じゃん」

わたしから失われたはずの言葉が、シンクの下から聞こえてきた。

どれも聞いたこともないような知らない単語なのに、どうしてか日本語だってわかる。他の人の発するような潰れた声じゃなくて、粒だっていて、頭の奥にしみ込んでくるような……ううん、うまく表現できない。

「れいき………じょせつ……しゅうちょう……」

祝詞のような詠唱は続いている。

わたしはいてもたってもいられなくて、シンク下の引き戸を開いた。

中は真っ暗だった。スマホのライトで中を照らすと、ぽっかりとした空間が浮かび上がる。なにも入ってない。シンクから伸びたパイプがむき出しになって、それきりだ。

ただ――なんか、不自然に綺麗な気がする。こういうのは埃まみれで、くしゃみでぶしゃってなるものと相場が決まっている。こんなシンク下の収納、一年に一度開くかどうかみたいな場所なのに……。

「ちょうしん……ばんきん……」

言葉が響いてくる。ゴクリ、と音が立った。わたしが無意識に唾を呑んだ音だった。

戦時の元軍需工場、現存する唯一の建物、意味はわからないのに通ってくる謎の声。そこになんの秘密もないわけがなくって――本気でヤバいなにかに誘われている気がする。

だけど、わたしはその言葉の源へ近づきたかった。失くしたものがそこにあるんだ。それを拾いに行きたいと思うのは、普通のことだと思う。

その時、わたしは気がついた。

やっぱりこの心のどこか、言葉を理解したいって気持ちがあったんだ――。

言葉は確かに、日常生活ではそこまで重要じゃないかも知れない。でも、わたしは言葉が聞きたかった。ツーと言われてカーと答えたかった。かくかくと言われて、しかじかと答えたかった……いや、これは違うかもだけど、とにかくわたしは、その声のもとへ行きたかった。

「この奥……？」

わたしはシンク下に頭から突っ込んでいく。当たり前だけどエラく狭い。平均的な女子なら入れるけど、一般に流通している男子は入れないだろう。身体の前側がズリズリ擦れて、制服がエライことになっている感触があった。

「けんせき……じょじょ……たんび……」

あ、耽美は知っている。美しさに溺れるようなニュアンスのやつだった気がする。間違っていても別にいい。わかるって感覚が大事なんだ。

シンク下なんて初めて入ったけど、曖昧にカビ臭いだけで怪しいところはない。ちょっと這っただけで、すぐ奥の行き止まりまでたどり着いてしまった。

まあ、だいたいこういうところは床が外れるようになっているもんだ。わたしは、わたしの半身に埋もれた自分の腕を引っ張り出すと、そのあたりの床を押してみる。その手応えにわたしは確信を抱いた。

うん、この下、地面だ。マントルに至るまで土と石がぎっちりだ。隠し地下はない。がっくりきた。

いやいや、そんなわけあるか。わたしは可動域の少なすぎる身体をよじって、狭苦しいその空間を色々と調べた。あちこちをぐいぐい押したり、触ったり、撫でたり、うざったくなってパンチしたりした。

するると、ポコン、と音がして、腕が抜けた。

「うわっ！」

慌てて腕を引き抜く。手を持っていかれたと思ったけど、どうやら壁の板が外れて、知らない空間が現れたみたいだった。隠しは、床じゃなくて壁かい。

わたしは奥にライトを向けつつ、その穴から身を出す。天井が一気に高くなり、立ち上がることができた。うん、やっぱり人間は二足で立たないと。

そこは人ひとりなら普通に歩ける幅の通路だった。ゆるやかな斜面になっていて、地下へと続いているらしい。地下鉄の駅間にある通用口みたいだった。

耳を澄ませると、調理室でのわいわいガヤガヤが遠くの星からの便りのように聞こえるばかりで、謎の単語詠唱は止まってしまっていた。さっきの壁パンチの音でわたしの存在がバレた？

まあ、仮に声の主が妖怪だったとしても、知らない言葉をブツブツ呟いているだけのやつは怖くないだろう。わたしはそう決めつけると、足元に気を付けつつ通路を下っていく。

少し進むと、ドアノブがない半開きの木製のドアがあった。隠し地下室だ。

なかなかホラーチックだけど、わたしはためらいなくドアを押した。謎の大量皿洗いの方がずっと怖いし、それ以上に声の正体を知らずに帰れない。

中は細長い空間になっていた。窓がない……のは地下だから当然か。ランプっぽいのがしょんぼりとした感じで置いてあるけど、歴史の資料集に載っているようなスーパー型落ち品で、いじってみても使い方の見当もつかない。ユーザビリティのユの字もない。

暗いままかぁと思ったら、普通に壁にスイッチがあって、パチンと押したら蛍光灯がついた。つくんかい。こんな古めかしい風情醸しといて電気が通《かよ》っているなんて呆れた。もっと不便であってよ。

まあ、おかげで明るくなった。いったいここはなんなんだ、と見回そうとしたわたしの目に、真っ先に飛び込んできたのは白くて大きな箱だった。

細長い部屋だと思ったのは、これがドカンと置かれているせいだったらしい。もともと教室半分くらいの広さのようで、奥には出入口らしい木の枠があったけど、そこまでする？　ってくらいコンクリートでがっちり埋まっていた。これはだいぶ不気味だったので見ないふりをしとくのが正解だと思う。

で、その白い箱、最初はトラックの荷台かと思った。

この中に、隠さなきゃいけないなにかが厳重に保管されていたりする？

そんな見立てで周りをぐるぐる観察してみると、コンセントの端子がみょんと伸びているのを見つけた。近くの壁にはコンセントの穴がしれっと空いている。お、これでスマホ充電できるじゃん、じゃなくて。

「冷凍庫……？」

なにかの動画で見たことがある。でっかいマグロを何匹も吊るしてカチコチに凍らせておくような、業務用の冷凍庫だ。電源は入っていないみたいだった。うちの普通の冷蔵庫でも結構音がするのに、これだけ大きいものが作動していたら相当うるさいに違いない。

まあ動いてないってことは、ただのでかい箱ってわけで——そしてこの空間で、ほかに怪しいものは見当たらない。

ここまで来て、この冷凍庫の中身を見ずに戻るなんてありえなかった。毒を食うなら皿までやったれ、という偉い人の名言もある。

冷凍庫の扉は部屋の入り口側にあった。かなり重厚な作りで一筋縄にはいかなさそうだ。わたしは取っ手を掴むと、すーっと息を大きく吸い込み、えいやっ！　と引っ張った。

手のひらにぐわ、と重みがかかる。重たっ！　それでも頑張ると、金属の軋むような音がして、冷凍庫の扉がゆっくり開いていく。

外開きなので中の様子は見えないけど、扉の隙間から光が一筋漏れるのが見えた。

やっぱなんかいる！　と確信したわたしは腕にもっと力をこめる。

えっちらおっちら、四〇度くらいの隙間ができた時点で、わたしは一息に冷凍庫の中に飛び込んだ。

「……うわっ！」

そして、中の様子を見て、思わず声が出た。

そこにはひとりの女の子が、隅っこで身を守るように座り込んでいた。

6

冷凍庫の中は、本だとかノートだとか、包装のゴミなんかがばさばさ散乱していた。壁には制服が吊るされ、その下あたりにペットボトルの水だとか、でかいカンパンの缶、その他食料の品々が積み重ねてある。空っぽになったボトルは潰して別の場所にまとめてあった。

中央には机代わりと言わんばかりに大きな蓄電池が置いてある。一時期、めっちゃPRされているのを見た。災害時とか非常事態に役立つやつで、満タンにしておけばスマホだけなら一週間は使えるらしい。そんな強いやつで冷凍庫の中にLEDの明かりをもたらしたり、ケトルでお湯を沸かしたり、スマホ生活をエンジョイしているわけか。

こんな意味不明物件で、科学の力を駆使してそれなりに快適に暮らしていそうな家主は、控えめに言って他人が見ちゃいけない状態だった。うちの学校のジャージをゆるゆるに着こみ、長い髪はボッサボサ、こちらを見る目は落ちくぼんで充血していて、肌はエラいこっちゃの大騒ぎ、頬はクレーターかと思うくらいこけているわで、痛々しい有様だ。

「――」

誰も知らない冷凍庫の角っこで、その女子はフィギュアみたいにぴたっと停止して、わたしを凝視していた。一向に懐く気配のない近所の野良猫みたいな目つきだった。バリバリの警戒モード。でも、わたしを取って食うつもりはないみたい。むしろわたしの方が有利な立場っぽかった。となると、その上目遣いをちょっと脅かしてやりたい気持ちが湧かないでもない——いや、そんなのは後でいいんだ。

さっきの謎の単語を囁いていたのがこの子なのか、まずはそれを確かめないと。

「ねえ、なんか喋ってよ」

挨拶もよそに、わたしはそう言った。

相手はヒッ、と息を吸い込む。ずっと息を止めていたのか、ぜぇはあと荒く呼吸しつつ、彼女は口を開く。

「なんか……って……」

わたしはポカンとした。

なんか、って？　って言った？

世界が点になって、それからまた新しく三次元用に開きなおされたみたいだった。

ごくあっさりとしたほぼ意味のない言葉が、こんなに意味に満ち満ちてわたしの脳みそに届くなんて。

その素晴らしさにわたしは驚いた。いけない薬物を脳みそに直接ぶちこまれたようなブワンッとした高揚感が、わたしの意識をドギュンと貫く。ジェットコースターの本当に楽しいところだけが、頭の中で一気に広がったみたいだった。

「すごい、わかる……！　わかる！」

いてもたってもいられなくなって、わたしは冷凍庫に踏み込むと、彼女の傍らに膝をついてその手を取った。あまりにも細くて赤子よりも簡単にひねれそうな手が、果てしもなく愛おしく思えた。

「ねえ、さっき、何か口にしてたよね。なんか、なんか単語……難しい単語！」

わたしが口走ると、彼女はおどおどとうなずく。

「え、う、うん……えっと、漢検一級の……熟語の読みを覚えてて」

「か、漢検？」

「そ、そう……」

彼女はわたしの手から逃れるように腕を伸ばすと、その辺りに落ちていた本を掴んだ。

「することなくて暇だから、勉強してたの……口に出すと、覚えやすいから」

親切に中身をパラパラめくって見せてくれるのはいいけど、あいにく書いてある文字はちんぷんかんぷんだ。全部、インクののたくりまわった塊にしか見えない。

けど、そんなのどうでもよかった。些事些事のサジタリウスだった。

「そ、そうなんだ、することなくて暇だから、勉強してるんだ……」

わたしはほぼ泣きそうになりながら、彼女の言ったことを繰り返した。

それは、久々に味わった言葉というものだった。

思わず情緒のぶっ壊れた親戚のおばちゃんみたいな口調になってしまったけど、この子にはどうかドン引かないでほしい、と願った。言葉がわかるという劇薬を久々に摂取してしまったもので、その衝動で心が暴れ出したんだ。

――知らなかった。全然、平気だと思っていた。

だけど実際、わたしは言葉がわからないことに、ここまでストレスを抱えていたんだ。わかりたい、知りたい、と思っていたんだ。

その欲望を押し込めて、言葉というものの価値を貶めて、見ないふりをして、ここまで精神がズタズタになるまで、わたしはわたしのピンチを放っておいたんだ。

そんな事実を、自分の心のことなのに、まるで伏線回収みたいに知りつつあった。

そうなんだ。何を言っているのかわかること、それに対して正しくリアクションをとれるということが、こんなに快適で、正常で、そして――こんなにも気持ちがいいだなんて、思いもよらなかった。

「ねえ……ねえってば」

肩を叩かれてハッとする。彼女がわたしの顔をのぞき込んでいた。

「大丈夫？　私が言うのもなんだけど……冷凍庫に引きこもってる人と会った時のリアクションじゃない、よ……？」

その台詞にわたしはイラッとした。

人がせっかく言葉のわかるすごさに震えているってのに、ありきたりな反応を求めてくるなんて、なんなんだこいつは！

「そうだよ！　なんか文句ある！」

「ええ……？」

「今、こっちは感動してる最中なの！　なのにいらん気遣いで水を差すな！　ばか！」

「ば、ばか……？　え、えええええ？」

困惑で、彼女の表情がぐるぐるし始める。

その顔を見て、わたしの脳みそはいよいよ臨界状態を迎えた。

「ああああ……人と話してムカムカするのも、久しぶり……いいよ……これが、本当の感情だったんだね……コミュニケーションなんだね……うう、ぅ、うえええん！　わああああああああぁ！」

「え、ええ、なんで泣くの！　ちょ、ちょっと！」

なんでって言われてもわからない。

とにかく、嬉しくて、イラついて、喜びでいっぱいで、安心して、気持ちがよくて――とにかく、あふれ出る感情が止まらなくて、それが全部、目にいって、鼻水になって、よだれになって、嗚咽になって、とにかく大変なことになってしまった。

「うわああああああ……」

「あ、あの……本当に、大丈夫……？」

大丈夫じゃない。大丈夫じゃないよ。逆にこれが大丈夫に見えるか！

……なんて強がる余裕もなくって、わたしは結局、知らない女子の腕の中でしばらくの間、泣き続けてしまった。


「ぐすっ……ご、ごめん……最近、色々あって……」

「い、いいけど……」

少ししたら、久々に摂取した言葉への興奮は収まった。あんなに感情が揺さぶられたのは、生まれた瞬間の大泣き以来かも知れない。

「というか……あんた、誰？」

もらったティッシュを涙でぐしゃぐしゃにしながら訊くと、彼女は露骨に顔を曇らせた。

「だ、誰って……」

「あ、わたし百瀬汐梨。二年。ジャージこの色だし、あんたも一緒だよね？」

わたしは彼女のジャージの袖をつまんでみせた。

「そうだけど」と、彼女はわたしから袖をすいっと取り戻すと、さりげなく距離を取った。

「……私のこと、知らないの？」

「えっ…………知らない」

もしかして有名人？　と思って、まじまじ見てみたけど、全然ピンと来なかった。まあ、ここまで荒れ荒れだったら、どんな売れっ子アイドルでもわからない気がする。

「名前、栖上梗佳《すがみきょうか》っていうんだけど……」

「んー……？」

すがみきょうか？　高校からクラスの数が中学の倍になって、同級生の名前を覚えるのは諦めたので、知らないものは知らなかった。

わたしの反応が悪いのを見てか、彼女はなぜか頑張って、どういう漢字を書くかまで教えてくれたけど、聞いたことがあるかもだけどどうだろう、ってレベルだった。

「し、知らないの？　な、なんで？」

栖上梗佳はうろたえている。わたしはちょっとうんざりしてきた。

「知らないんだから知らないよ。なに、そんな有名人なの？」

「だ、だって、私、失踪してると思われてるんじゃないの？」

「は？　失踪？　どこに？」

「ここ！　ここにずっといて、誰にも会わずにいたら、失踪中ってことになるでしょ！　普通は！」

「あー、確かに。でも、誰かが失踪してるなんて聞いたこともないけどな……」

「そ、そうなの……」

ただでさえ不健康そうな顔が、更に不健康な感じになる。

なに、失踪中の人になりたいの？　そのためにこんな意味不明な場所に住み着いたんだとしたら、変な子だな——あれ、っていうか、それ以前の話として……。

「ねえ、梗佳ってここにずっといんの？」

そう訊ねると、梗佳は複雑そうな顔をした。

「い、いきなり名前呼びとか、馴れ馴れしい……」

「えー、いいじゃん、久々に話せる相手なんだから。わたしのことも汐梨って呼んでよ。それで、いつからこんな、超インドアなキャンプみたいなことしてんの？」

「えっと……ちゃんと数えてないけど、二週間くらい前から」

二週間！　想像の数倍長くて、わたしは「なっがあ！」と叫んでしまった。

「なんでそんなまた。あ、もしかして、家出？　食料とか強い電池とか、めっちゃ持ち込んでるし、すごく計画的失踪じゃん。わたしもこの前、家出したけどさ、ここまでガチじゃなかったよ——」

「理由なんていいでしょ。それより、なんで訊いたの」

梗佳はイラッとした様子で遮ってくる。初対面のやつには踏み込まれたくないところだったらしい。こんなわかりやすくはぐらかすなんて。

わたしは久々に味わう人の機微にゾクゾクして、その勢いのまま、今のわたしになにが起こっているのかを話してしまうことにした。

「いやね、わたし、少しくらい前から人が言ってることとか、書いてある文字がわかんなくなっちゃっててさ。ここ一週間くらい情報が全然アップデートされてないから、梗佳が失踪してるって噂が広がってたとしても、知りようがないんだよね」

　そう伝えると、梗佳は微妙な顔をした。

「な、なにそれ。聞き取り困難症《LiD》とか、聴覚情報処理障害《APD》みたいな、人の話してることが言葉にうまく変換できない疾患があるのは聞いたことあるけど……」

　へえ、知らなかった。というか、物知りすぎない？　漢検一級とか勉強してるしめっちゃ頭いいんだな。

「うまく、どころじゃなくて、完全に理解不能なんだって。声も、文字も！」

「でも……話、ちゃんとできてるよ」

「いやだから、さっきビックリしてたの。梗佳とはなぜか会話ができてるって！」

「へ、へえ……それで感動して涙が止まらなくなっちゃったの？」

　あんまり信じられてなさそうだったけど、わたしにとっては間違いなく真実だ。

「そうだけど、それだけじゃないんだよ！　感動だけじゃないの！　相手が何言ってるかわかるって、すんごい気持ちがいいんだよ。言葉ってヤバイよ。こんな劇物、日常的に摂取してる人類ってホントにキマってるよ」

「そ、そうなんだ……」

　わたしの力説に、梗佳はちょっと引いたように呟く。

そうそう、そのニュアンスと、台詞……いい。よすぎる。こんな短いセンテンスの言葉でも、わたしにとってはごちそうだった。

今までのコミュニケーションはリアクションと、何を言っているか推測して適当にやってきたけど、そこに言葉が乗るだけで一気に華やぐ。糖質制限中のストイックな食事に、ドカーンと白米ご飯がやってきたようなものだ。それは箸だって止まらなくなる。

「それで……どうするつもり？」

なんて、至福を味わうわたしに、梗佳は皮肉っぽい口調で言った。

「どうするって、なにが？」

「私がここにいるって、バラしたりするの？」

強気なようだけど、気丈に振る舞っているのは一目見てわかった。「バラさないで！」って震える瞳がうるうる訴えかけてきている。大雨、捨て犬、ダンボール、という言葉が、わたしの頭の中に浮かんできた。

まあ、そういう忖度を抜きにしても、わたしが栖上梗佳自称失踪事件を解決するつもりは一切なかった。

「バラしたところで、わたしには相手が何言ってるか、わからないしなあ……もう、一瞬で蚊帳の外に追いやられるのが目に見えてるし、そうなったらせっかく会えたのに全然面白くない。だから、ここのことを漏らすつもりはないかな」

ほとんど本音だったけど、梗佳は疑い深く目を細める。

「その、わからないっていうの、いまいち信じられないんだけど……私とは喋れてるし。もしかしたら、これがきっかけで、他の人の言ってることもわかるようになってるかもよ」

あ、確かに、その可能性はある。やっぱり梗佳はわたしよりも、ずっと頭が回るタイプらしい。

ただ、お言葉を返すようでアレだけど、たったこれだけのことで、梗佳以外の言葉が理解できるようになっている、という実感が全く湧かなかった。

「あ〜、それじゃあ、その時はバラしちゃうかな」

なので、冗談交じりにそう言った途端、梗佳はサッと顔色を青くして、わたしの腕をガチッとペンチみたいな力で掴んで、顔をぐっと近寄せてきた。

「そ、それだけは、やめて……！」

「いてて！　なら最初からそう言いなよ！」

「そ、それは……カッコ悪いから」

「いや、誰にカッコつけてんの……っていうか、くっさあいなあ、君はあ！」

突然、鼻を突いた刺激臭に、わたしは悲鳴を上げてのけぞった。

バーベキューで不幸にも余っちゃったのをすっかり忘れてて、後で大量の荷物の中から発掘された下味付きの生肉みたいな、こんもりとした酸っぱい匂いだ。

わたしがそんな反応をしたもんだから、梗佳は色を塗り忘れたように真っ白になった。

「く、くさい……？」

「くっさいよ……お風呂とか入らないから二週間分も溜まってるんだ。あ、臭いといえば、トイレとかってどうしてるの」

久々の会話でフワフワしていたわたしは、びっくりするほど配慮不足《ノンデリ》だった。

「そ、それは……」

梗佳はわたしからスッと身を離すと、すごい思いつめた顔をして俯いてしまった。髪もボサボサだし、血色も悪いので、このままサラサラと粉になって消えちゃうんじゃないかって心配になる。

なんて、まじまじ彼女の顔を見ていたら、なんか普通に可愛い子かも、と思うようになってきた。

それは環境と境遇がアレなので、外見は芋臭く実際もすっぱ臭くてしょうがないけど、あと痩せすぎで骸骨に近いけど、髪もテレビから出てくる怪異みたいだけど、きちんとケアしてやれば見目麗しい子になるのでは、と感じた。

捨て犬少女が美少女に大変身——うおお、やってみたい！

そんな強烈な欲求がわたしを貫いた。

「ごめんごめん、梗佳、変なこと言って。そしたら、わたし、また来るから」

わたしは立ち上がって、梗佳の頭をぽんぽん叩きながらそう告げた。

「え……もう、行くの……」

梗佳は控えめにわたしを見上げる。あ、わたしがいなくなりそうで寂しがっている。それは、言葉がなくてもわかることだったけど、言葉がわかるともっと嬉しかった。

「うん。失礼なこと言って、傷つけちゃったケジメつけさせて」

「いや、それはだって……」

「まあまあ、そんな寂しそうにしないでさ、今日のところはじゃあねってだけ。それに、早く戻らないと授業も終わっちゃう――授業も終わっちゃう？」

その瞬間、わたしの中にダーッと現実がなだれ込んできた。

そうだった！　皿洗いの授業中だった！

急いで戻って超特急でタスクをこなさないと、もっと重い刑、例えば、今やっている調理実習の食器さえも、わたしが全部片付けるハメになるかも知れない。人間の精神は、大量の皿洗いには耐えられないようにできているっていうのに。

「わーっ！　これにてごめん！」

なので、颯爽と去るつもりが、門限のある侍みたいに慌ただしく去る羽目になった。

わたしは冷凍庫と地下室を飛び出すと、入ってきた穴にダイブした。摩擦熱を感じながらひとすべり、シンクの下でガバっと開きっぱなしだった引き戸から、さっと一息に這い出す。この間、十秒くらい？　素晴らしい速さの帰還だ。私は身を起こしながら感動を覚えた。

そして、部屋の中の状況が一切変わっていないことにも感銘を受けた。汚い皿は山積み。水は止まって、スポンジは干ばつ、ゴム手袋は裏表逆。隣の部屋では、みんながわいわいパスタを食べている。

戻ってきたのは地獄だった。そんな逆境にもめげず、わたしは健気に皿洗いを再開する。

でも、ほどなくしてすべてが重くなってきた。この作業をする時だけは、なぜか恐ろしく暗い感情に襲われる。ものすごく我慢していないと、今すぐこのどうしようもない皿どもを、回し蹴りで一蹴してしまいそうになる。

なんでこんな耐えられないんだろう。労働だからかな。

もし、この程度の労働でムカムカしているようだったら、わたしは今後、生きていけないと思う。義務に労働が含まれていない国なんかない。調べたことないから知らないけど、仮にあったとしてもロクでもない気がする。ないない。

だとしたら、これは労働のための訓練か。でも、こんなひどいことはないよ。

皿を放り投げたい気持ちを抑えつけながら、授業終了のチャイムが鳴るまで忍んでいると、やがて先生がやってきた。先生はこっちを指さして、なにかしらをごたごた言った。

「◆■、□◇◇□◇■◆■□■■◇■」

「あ、これは……」

と、口を開きかけて、わたしはなにかがおかしいことに気がついた。

ん、なにかがおかしい?

いや、最初からなにもかもがおかしかった。

どうして、いちいち、あんたらの言わんとすることを察して、それらしい言葉をこっちが考案しなくちゃいけないんだ。どうして、わたしがなにかを言わなくちゃいけないんだ。理想的な、円滑な、適切なコミュニケーションをとらなくちゃいけないんだ。

そう考えると、一気になにもかもが面倒くさくなってきた。

「◇□◆◇■◇■？　■◆◇◇■■◇□◇■□□◆◇◆」

先生が重ねて何かを言う。なんか怒っている。私が皿を洗い終わらなかったから？　答えなきゃ……。

「……」

わたしは口を開きかけて、凄まじく億劫になって、止めて、閉じた。今更になって、なにもかも理不尽だと思えてきた。

ねえ、この皿なに？　いつどこで誰がなにを食べて溜まったわけ？　それをなんでわたしが洗ってんの？　どうしてこんなに怒られてんの？

たかだか、言葉がわからなくなった程度のことで——。

これから、こんな理不尽を永遠に押し付けられるかも知れないと思うと、手がガタガタ震えてきた。なにかが手の間からすり抜けて、床に落ちてパリンと割れた。

「□、◇◇■■、◇□◇■■◇◆！」

先生が駆け寄ってきた。目がかっぴらかれて、すごいシワが寄っていた。批難の目つきなのか、心配の目つきなのか判断がつかなくって、わたしの思考がバグった。突然、喉の奥が熱くなって、んぐ、ぐ、ぐ、と詰まった。お腹の底から、なにかをぶちまけそうになった。いきなり苦しかった。嫌だった。逃げたかった。もうやだ。こんなの、こんなの――。

「……がちゅう……けってき……」

と、その時、またその囁きが聞こえてきた。

さっきはわけがわからなかった囁き、梗佳が漢検一級の読みの問題を解くその声……。

その言葉の響きに、わたしの喉元まで迫った嫌な気配が下がっていった。息が通るようになって、ひいふうと肺が空気を吸って吐く。潮が引くように、さっきまでのネガティブな感情はきれいさっぱり、どこかへ去っていった。

そうして少し経った時には、わたしは今までみたいに特に困らなくなっていた。

「すみません、手が滑っちゃって」

わたしは言い訳しながら、落とした皿の破片を拾った。

先生は溜息を吐いて、なにかを言った。その調子から、やっぱり、さっき駆け寄る時にしていたのは非難の眼差しだったんだとわかった。

「……ともね……へいきょ……ばっこ……」

まあ、別にどうだっていいや。

梗佳の口にする言葉が届く限り、どんなトゲだらけの態度も感情も命令も、わたしの脳みそに届くことはない。今のわたしは無敵だった。

幸い、その後は大したお咎めもなく、皿洗いの業から解放されることができた。

ただ、ひとつはっきりしてしまったことがある。

「◇■……◇◇、□□■■、◇◇■■□□◆□■■◇」

教室に戻ると、飛形がバツの悪そうな顔をして声をかけてきた。

「□◆◇◇□ー」「□◆■□■、◇■◇■□□◆◇◇□？」「□□■■◇■□□◆◇◇□◇◇」

他の友達もいろいろな思いを引っ提げてやってきて、口々になにかを言った。

そのどれもが空虚で、なんの意味もなくて、わたしの耳の間を通り抜けていくのでびっくりした。

言葉がわからないだけで、こんなに彩りがないものなんだ。大昔の白黒映画に放り込まれたような気分になった。

思わず呆然としてしまったけど、話しかけられて無視もできないので、あはは、と笑ってみせる。

「あーねえ、ずっと皿洗いで頭おかしくなるかと思ったよ」

わたしがそう言っても、誰も一緒に笑ってくれなかった。

みんな、私の言ったことなんてなかったことのように、なにかを捲し立ててくる。

どうして？　いつもなら、ここで陽気になる場面じゃないの？　あははって笑って、先生への愚痴が始まるターンじゃないの？

そんな困惑から、飛形の目をまともに見てしまった。飛形は話がかみ合わなかった時の、気まずそうな表情をしていた。

間違えたのか。どこかで間違えたんだ。

わたしの思考はそこでストップした。

こうなったらもう、わたしは愛想笑いを浮かべる人形になって、みんながわからないことを言うのを、延々と聞き続けるしかない。

まあ、別にいいんだ。私は困っていない。こういう目に遭うのが必然だから、それを憂うなんてしょうもないことだ。私は困っていない。困る意味がない。むしろ面白い。苦しくもない。そう、苦しくない。お喋りは続く。無関係なわたしを巻き込んで。

そうして、水の中に沈んだ風船が、ぷくりと水面に浮かび上がるように、わたしは理解する。

本当は、わたしはわかりたいんだ。みんなに何を言われているか、わかりたいんだ。

わかってわかって、わかりまくって、気持ちよくなりたいんだ。

でも、それはわたしの中から奪われてしまったものだった。

——いや、違う。

今まで言葉がなくたってわたしは平気だった。なのに、今は「奪われた」と思うようになってしまったんだ。

栖上梗佳——あんたの言葉がわかってしまったばっかりに。

もう、言葉を与えてくれるのは、あんただけひとりなんだね。

失踪中の女子生徒だけが、わたしに極上の「わかる」をくれる。
その味を知ってしまったわたしは、もう、戻ることはできない。
この日、わたしは不幸になった。
彼女と出会ってしまったことによって。

第二章　言葉越し、ふたりきり

1

冷凍庫から戻ったわたしを迎えたのは、相も変わらず言葉のわからない日常だった。

だけど、梗佳と会った後のわたしには全くの別世界としか思えなかった。

学校には当たり前のようにたくさんの人がいるけど、相手がどういう気持ちで、なにを言っているのか想像してまで、誰かと絡む意義を感じなくなってしまった。

そんな余計な努力、言葉がわかれば考えなくていいことなのに。

英語の授業で指を差される。なにかを答えろ、と言われているんだと思う。

「……わかりません」

それは外国語がわからないとかいう、そういうレベルのことじゃなくて、もっと深くて、根本的なところからわからない――ああ、もう、この徹底的になくなった感じを説明する言葉が見つからなくて、叫びそうになる。

じっと黙り込むわたしを見て、英語の先生がなにかを言う。わたしの頭の悪さをディスっているか、不勉強なことをなじっているかしているんだろう。

でも、待ってください。

こう見えて、わたし、わかりたいんです。

「ごめん、今日用事あるから、わたしパスね」

昼休み、友達とお昼を食べるのもなんだか嫌で、嘘を吐いて逃げ出した。逃げ出した先にはもちろん、なんにもない。人目につかない階段裏で粛々とご飯を食べる作業だ。

ひとりで食べるご飯はいつもより量が多い気がした。なんとか飲み込んだ直後に、はたと気がつく。

いや、こんな辺鄙《へんぴ》なとこでぼっち飯してないで、梗佳のところに行きゃいいじゃん。

アホだ。なんでわたしは、肝心なことにすぐ気がつけないんだ。思い至ってすぐ階段裏から出る。

「◆、◇□」

と、そこでばったり飛形と行き会って、目ん玉が飛び出そうになった。

「あ、あれ、ヒナ、どうしたの、こんなとこで」

「◇◇■◆◇◇■。◆◇■■◇□◆◇■□◇。◇◇□◇◇□◇■◆■□■■◇■◇■□□◆◇■。□□■■◇■□□◆◇?」

飛形はなにかを言ってくる。わからなすぎる。もしかして、避けたことがバレてる?

「あーね。わ、わたしはちょっと後輩に頼まれごとで。別に心配ないから」

わたしは適当に言い訳した。前なら自信満々で言えたことも、恐る恐る差し出す感じになってしまう。

「□、■□……」

飛形は微妙な表情をする。また違った？　ああ、もう、こんなのコミュニケーションじゃないよ。わたしも疲れるし、飛形も無駄に気を遣う。

結局、わたしは飛形とそのまま一緒に教室に戻った。わからない言葉を探り探り、擬態した宇宙人みたいに話すフリをしているうちに、チャイムが鳴って午後の授業が始まる。やってきた先生の顔を見てうんざりな気持ちを新たにするうち、ふと、飛形には打ち明けちゃえばよかったのに、と思った。

わたし、みんながなに言ってんのかわかんないんだよね、って。

なんだか、本当のことを告げる唯一のタイミングを逃したような気持ちになって、わたしは落ち込んだ。その場だけしのぐことしか考えずに、肝心なものに気づけない。

とにかくはやく放課後になって欲しかった。そうしたら梗佳に会って、話ができる。「わかる」に触れられる。こんなダークブルーな気持ちも忘れることができる。

わたしは時間が経つのを、ひたすらに待った。

そしてついに待ち望んだ最後のチャイム、わたしは用意していたボストンバッグをロッカーから引っ張り出すと、一目散に調理棟へと向かった。

調理室はひっそりとしていた。こんないい設備があるくせに、調理部は半分機能停止しているというのだからもったいない。まあ、そのおかげでわたしは楽に入り込めるわけなんだけど。

そんなことを思いつつ、準備室の扉に手をかけるとガキッと嫌な手ごたえがあった。鍵がかかっている。

「そんなあ！　なんでなんで！」

思わず声に出ちゃったけど、誰も使っていない特別教室の施錠するのは普通だ。備品だらけの準備室ならなおさら。どうしてこんな単純なことにも考えが回らないんだ。もう、調理部しっかり活動しといてよ。侵入が面倒でも入れないよりマシじゃん。

くううううう、すぐそこに梗佳がいるのに。

怒りとか悔しさから、わたしはヤケになって扉をバコボコ揺らす。こんな板ごときに止められるとか、なんてしょうもない人生なんだ！　ふざけんな！　バカ！　アホ！　うんち！

そんなうっぷんをぶちまけたら、バキッ！　と音が立って、引き戸がスーッと開いた。

「……あー」

わたしは周囲を見渡して誰もいないことを確かめると、さっと中へ侵入して戸を閉め、鍵をかけた。うっかり無断で入れちゃった。古い建物だからか留め具が緩くなっているらしい。ふーん、いいこと知ったね。

シンクの皿たちは綺麗さっぱりなくなっていた。結局、先生が片付けたのか、わたしみたいな不幸なやつを捕まえたのか、知る由もなければ興味もなかった。

わたしはシンクの下の戸を開くと、ボストンバッグをぎゅうぎゅうに押し込み、後から自分も潜り込む。昨日はなんとも思わなかったけど、なんて場所だ。梗佳はよくこんなところ見つけて、住み着こうなんて思ったな。

「……あれ？」

なんて考えていたら、ボストンバッグが奥の壁に当たった。そこ隠し戸だったよね？

おかしいなとバッグを押しのけ這い寄ってみると、しっかりと壁だった。ぐっと押してみても開く気配がない。

え、ええ？　パンチじゃなきゃダメ？　そう思ってグーで殴ってみたら、死ぬほど痛かった。

「いったあああああ！　……いやいや、ウソでしょ」

壁は壁のままだ。手がじんじん痛む一方で、背中の方がスーッと冷たくなっていく。

全部全部、本当はなかったってこと？　皿洗いが嫌すぎて見ていた夢だったってこと？

そんなの――耐えられないかも。

呆然とするわたしの目の前で、ゴト、と板が開いて、梗佳が顔を覗かせた。

「……本当にまた来たんだ」

「梗佳！」

その時のわたしの感情のアガリっぷりは人生最高だったと言って過言じゃない。

ちゃんと隠し戸があったこと、夢じゃなかったこと、梗佳が出迎えてくれたこと、そして、日本語がきちんと脳みそに届いたこと。

大量の快楽要素が同時に脳みそに噴き出して、スーパーウルトラハッピーになった。

「……開けっ放しは怖かったから」

わたしがバッグと一緒に這い出すと、梗佳が隠し戸を元の位置に戻す。

ああ、そういやわたしが閉めずに帰ったんだっけ。それで梗佳が後からキツくハメこんだのか。心配しなくても、誰もこんなマイナー部屋のシンクの下の奥の壁をノックしようなんて思わないから平気だと思うけど。

「それで、今日はなにしに来たの……そんな荷物持って」

地下室に下りながら、梗佳はおずおずと訊いてくる。わたしは肩をすくめた。

「まあこれは追々ね。で、まず報告だけど、ダメだったよ。相変わらず、みんな何言ってんのかわかんない。多分、クラスで浮き始めてるよ、わたし」

「そ、そうなんだ。それで……疲れたからここに？」

「うん、全部吹っ飛ばしにきた。今、脳内でガンガンEDM鳴ってるから」

梗佳の後に続いて冷凍庫に入り、ボストンバッグを適当に置く。

部屋――じゃない、なんていうんだろ、庫内？　は、ずいぶん整っていた。

ゴミの類は持参していたらしいゴミ袋に片付けられ、散らかっていた本とかノートとかの雑貨、カンパンとかその他日持ちする食糧たちもまとめて整理整頓されていた。梗佳も相変わらずジャージ姿だけど、ぼさっとした髪の毛をひとつにまとめ、そのまま体育に出れそうなくらいしっかりと着ている。前は、ちょっと頑張ればプライベートを覗けそうなくらいゆるゆるだったのに。

その劇的な変化に思わず、笑みが零れる。

「あ、わたしが来るって期待してた？」

「どうせ暇だし……臭いって言われたら気にするし」

つんと横を向きながら、梗佳は言う。堂々としているようで恥じらっている仕草に言葉が乗って、彼女の心の動きが手に取るようにわかった。

もう、こんなのヤバいって。お預け食らっていた分も相まって、わたしの中になんかすごいウェーブが起こり始める。気持ちよくて、可愛くて、切なくて、寂しくて、感情のフルコース全部盛りがドーン！　と頭の中にぶちまけられる。

そう、これこれこれこれ！

早くも言葉と感情と「わかる」を浴びてぶちあがったわたしは、梗佳の肩をきゅっと抱き寄せた。

「きゃっ、ちょっと——」

そして耳元に顔を持っていって、すんすんと匂いを嗅ぐ。

発酵食品に似た濃厚なフローラルが、わたしの鼻腔をぶっ刺した。

「くっさあい！」

「ばっ！」

梗佳は顔を真っ赤にして、わたしを突き飛ばした。

わたしは自分の持ってきたボストンバッグに、ボスンとしりもちをつく。ボストンバッグにボスン！　あははは。わたしはしょーもない脳内ギャグにも赤ちゃんみたいにキャッキャとしてしまう。

「あははは、ばっ！　て、そんな。もっと具体的に言ってくれないと、わたし、わからないよ？」

「な……なに！　からかいに来たなら帰ってよ」

嬉しいくせに強がっちゃって。わたしはニコニコが止まらない。

「違うって。そんな梗佳のために、今日はいいことしに来たんだって」

「いいことって……嫌な予感しかしないんだけど」

「ふーん、これを見ても同じことを言えるかな」

わたしはボストンバッグのジッパーをジーッと開いて、中身を次々に取り出してみせる。ボディシートに制汗剤、そのほか歯ブラシとかヘアブラシとか消臭スプレーとか、衛生的アメニティたくさん。

「うう……そ、それは……」

梗佳の顔が揺らぐ。ふふ、わかりやすい子だ。

「食べ物とか電気とかさ、暇つぶしのことばっか考えてさ、他のケアを忘れたでしょ」

「……優先度が低かっただけだから」

「そうやってすぐ見栄を張っちゃってさ。素直にならないと足の裏嗅ぐぞ」

「ほ、ホントだって！　足嗅ぐのは絶対やめて！」

梗佳はすごく真剣な顔をして抵抗した。まあ、足の裏の匂い嗅がれるのは、わたしでもありったけの力で拒否するだろう。だからこそ、人にはやってみたい。というか梗佳だからやってみたい。いつか隙をみてやろう。

「はいはい、嗅がれたくなかったら、ジャージ脱いで」

わたしがボディシートを開封しながら言うと、梗佳はぎょっとした。

「ええ！　いいよ、自分でできるって！」

「ふぅん。せっかくいろいろ持ってきてあげたのにそんな態度とるんだ」

「べ、別に頼んでないし」

「いいじゃん、しようよ。裸の付き合いってやつ」

「付き合い！　付き合いっていうなら、あなたも脱ぎなさいよ！」

「うるさいなあ」

「ええっ、この不平等を正面突破する気なの!?　わ、わー！　わーッ！」

あれよあれよの間に、わたしは梗佳のジャージを引っぺがした。

何年ものかわからん肌着と下着も引っぺがす。その真面目そうな見た目に相応しい、真面目そうなやつだ。予想通り過ぎてつまらん。大きさはわたしと同じくらいっぽそうだし、今度持ってきてあてがっても楽しいかも知れない。

なんて思いながらシートを一枚手に持って、その裸体をゴシゴシ磨いていく。

「あっ、ひゃ、ちょっと……ひっ……あっ……やだっ……」

うーん、無駄に嬌声なんぞをあげちゃって。でも、こんなんじゃわたしは興奮しないよ。もっと小説みたいにべらべらと内情を喋ってくれないと。これじゃあ、幼児がよく履いているぷぴぷぴ音の出るサンダルを洗っているのと変わらない。

腹いせにわたしは腋をガスガス攻めてやる。

「あ、あは、あはははははは！　そこだめ！　やめてえ！　あはははははは！」

「いや、めっちゃ笑うじゃん」

心配になるくらいめちゃめちゃ笑ってくれたのでよしとした。

そんな調子で一通り身体を拭き終えて、笑い過ぎた梗佳がグッダリしてしまったので、その間にジャージの類にシュッシュと消臭スプレーを吹きかける。うっかり丹精込めてやりすぎてしまって、びっしょびしょになってしまった。

「あーあ、これじゃ着れないね」

「ひ、ひどいよお……なんでこんなにかけちゃうのー……」

梗佳は、色の濃くなったジャージをもそもそ触りながら、メソメソ言う。

その情けない声を聞いた瞬間、ゾクゾクゾクっと、寒気に似たなにかが臀部の底から頭のてっぺんまで上り詰めてきた。それから、ほわ〜っと春風が通ったように温もりが広がっていく。

気持ちいい——。

言葉を聞いただけでこれだもの、もはや言語ドラッグだ。わたしは梗佳の言葉をわかりすぎる。わかりすぎて反応もしすぎてしまう。こんないいもん持ったらそりゃ人類、言語の使い手になるわ。

「まあまあ。これでも着といて」

私も鬼ではないので、ボストンバッグからスウェットを出して渡す。

梗佳は口をへの字にしつつも、大人しくそれを着てくれた。

「もう、こんな辱めを受けるなんて……」

「確かに家出するのに、身体の綺麗さなんか気にしないか」

「……」

それとなく失踪の話題に触れてみたら、梗佳は黙ってしまった。

ダメかあ。どさくさに紛れて聞き出そうと思ったのに。

というのも、もしかしたら、わたしが言葉をわからないことと、梗佳の境遇になにか共通点があるんじゃないかと思ったからだ。というか、絶対ある。じゃなきゃ、梗佳の言うことだって、みんなと同じようにわからないはず。

そもそもそれ以前に、唯一ちゃんとコミュニケーションが取れる相手なんだ、もっと知りたくなるのが自然な感情ってもの。

察してほしい。こっちは寂しいんだよ。わたしはだんだんムカついてきた。

腹いせに洗顔シートで、梗佳の顔面をグシャグシャにしてやった。「わうわうわうわ」ってあんた、ワウペダル踏んでんかっつーの。くそー、こんな荒れた生活なのになんでこんなもちもち肌なんだ。その上、うぶ毛の一本もないとかどっかでズルしてんじゃないの？

そんな調子であらかた拭いてやると、ぼろぼろと垢が取れていた。子どもの頃、おじいさんおばあさんの垢を寄せ集めた太郎が鬼を退治する昔話を読んだことがあるけど、狂気の沙汰じゃないな、とつくづく思いながら、ゴミ袋に突っ込む。

それから、洗い流さなくていいシャンプーの液を頭にわんさかかけて、ブラッシング開始。長い冷凍庫暮らしで、梗佳の髪はキシキシのベットベトになっていたけど、さすが現代の科学文明のお陰で、ほどなくサラサラのフワフワ髪になった。な、なにこれサテン？　シルクロードの輸入品？　その手触りがあまりにいいので、ひとつまみ持って帰って枕に載せて頬ずりしながら寝たい。

「――あなたは、怖くないの」

「え？」

前置きなく突然、梗佳が切り出してきたので、わたしはうまく反応ができなかった。

髪を梳く手をとめて、その後頭部を見つめる。形のいい小さな頭。小さな宇宙。

梗佳は続ける。

「人が言ってること、わからなくなっちゃってるんでしょ。これからどうなるんだろうとか、助からない病気なんじゃないかとか、思わないの」

その問いかけに、わたしの胸がじんわりと熱くなる。

「わたしの言ってること、信じてくれるんだ」

「うん。だって……あなたが」

梗佳はくるりと振り返り、わたしを真っ直ぐに見据えて言った。

「すごく、寂しそうに見えるから」

「……え」

ズキン、と心のどこかが大きく揺れた。痛いくらいに。

「それに、あなたの言ったことが適当なら、外に出た時、きっと大人に通報して……今頃、私は終わってるはずだもの。なのに、あなたは戻ってきて……ここまで親身になってくれた。外で、ものすごい孤独を経験してなかったら、こんなことできるはずないでしょ……？」

わたしの呼吸が耳のすぐそこで聞こえる。すう、はあ、と張り詰めた息――。

言葉がわかるという気持ちよさ以上のことを、この子はわたしに与えてくれている。

「……わ、わかっちゃうかなあ」

わたしのことをわかってくれる。理解してくれる。

それを、言葉で伝えてくれる。

こんな……いいの？　こんなすごいことがあっちゃって、大丈夫？

「うん。わかるよ。でも、だからこそ、心配で――私だったらきっと、もう、どうしようもなくなっちゃうな、って思って」

梗佳はどうしてか、心細そうに言う。

こんなに優しい言葉をかけてもらってしまって、いいんだろうか。

誰にも言えなかった、この境遇に同情してくれるなんて、あっていいんだろうか。

わたしは、わたしが綺麗にした彼女の顔を見つめる。

そこにあるのは、やっぱりわたしが見込んだとおりの、美少女の相貌だった。

艶やかな睫毛の下、綺麗な瞳がわたしを捉えて、離さない。

なんていうかもう……この気持ちは、言葉にできなかった。ならなかった。

なにこれ。いっぱいいっぱいで、死にそう。

そんな感情を押し隠して、わたしは言う。

「……正直、怖くはないよ。不安もない。なんかね。おかしいんだろうけど」

「そ、そう、なの……？」

「そう。それよりも、周りの子たちに悪い気がして、辛いかも。みんな、なに言ってるかわかんないけど、勘でそれっぽく振る舞ってさ。そういうのって……なんか、騙してるような気がするから」

「……そっか。わからないなんて、言えないもんね」

「そう、言えないんだよ。普通に失礼な気がするし」

「うん。きっと私も同じ風になったら、そうなると思う。誰にも言えずにひとりで抱えて……」

梗佳はわたしの言葉を受け入れてくれる。話を聞いてくれている。

ずっと、わたしがため込んで、誰にも言えなかったことを――。

ああ、わかることも、わかってもらえることも、どうしてこんなにめちゃめちゃにいいんだろう。

この興奮をいつまでも味わっていたくて、わたしは心にあるすべてを吐き出す。

「でもさ、なんか、それって結局、今までと大して変わらないのかもって思って」

「どういうこと？」

「だって言葉がわかったところでさ、コミュニケーションが取れるのとは別の話だもん。どのみち、理解できない話はできないし、話が通じない人は通じない。言ってることが本心とも限らないし。逆に仲のいい子なら言葉がわからなくても通じ合える」

「だから怖くないんだ。そういう友達がいるから」

「……そうなのかも」

今はもう違っちゃっているけど、と心の中で言い添える。

悲しいけれど飛形たちでは、もう梗佳の代わりにはならないんだ――。

「……バチが当たったのかもな」

ふと、そんな言葉がわたしの口をついて出た。

「バチ……？」

「そう。わたしさ、こんなことになるずっと前、妹の誕生日会を家族でやるはずだったんだけど、それ、すっぽかしたんだ。妹のこだわりで本格的なレストラン予約したんだけど、お母さんが予定変わったの教えてくれたのに聞き流して、誕生日の前日になったこと知らなくって」

前まではは絶対にわたしのせいじゃないって思っていたのに、今ではわたしが悪いって素直に思えるようになってきている。もう、言葉を普通にわかっていた時の感覚なんか忘れているから。

「妹のこと、好きなのに……わたしが人の言葉にいい加減だったせいで、傷つけた」

「でも……当日はちゃんとお祝いしてあげたんでしょ」

「……ううん、逃げた」

「えっ」

わたしは顔を背けて、ＬＥＤの光の届いてない暗い隅っこの方に目を向けた。

「もう本気でブチ切れちゃって、その日にプレゼント買うつもりだったけどやめて、おめでとって言うだけでおしまい。もう、ほんと馬鹿だよね。過去に戻ってぶっ飛ばしてやりたいくらい」

「……それだけあなたもショックだったんでしょう？」

「そう、かもね……自分がやらかすなんて思ってもみなかったし。まあ、妹は穏やかな子だから、そんな姉でも変わらず接してくれてる――って思い込んでたけど、やっぱ溝ができてる気がして。今はもう、なにを考えてるのか、もう全然わからない。あーあ……それで今、こんなんなっちゃってるじゃん。もう、どうしようもないんだろうな」

わたしは膝を抱えてうずくまる。正直に言うと、そんな不安な心があるなんて、わたし自身も知らなかった。今、梗佳に話して、初めてわかったことだった。

自分すら知らない心を打ち明けてまで、わたしは——梗佳の言葉が欲しかった。慰めてほしかった。言葉の枯れた砂漠の中、寂しがっている、わたしを。

「どうしようもなく、ないと思うよ」

わたしの望みどおりに梗佳は告げた。顔を上げるわたしに、続けて言う。

「言われてることがわからなくたって、あなたの言うことは他の人には届くんでしょ？　それなら……遅くない。あなたの気持ちを改めて伝えるべきだと思う」

「で、でも、いまさら？」

「いまさらだから、いいんだよ。ずっと、そのことばかり考えてたってことなんだから。まだ、埋め合わせをするのに全然、間に合うと思う」

「そっかな……うん、そっか。じゃあ、頑張ってみる」

梗佳の言葉でそう言われたら、そんなような気がしてきた。われながら単純だな。でも、わからない声の裏側を探り探りするより、このくらい単純な方が楽でいい。

胸のすくような感覚に、わたしは足を崩しながら、にへらと笑った。

「へへ、ありがと、なんか悩み相談みたいになっちゃった」

「ううん、こんなのでいいのなら、全然……その、いろいろ、持ってきてもらったし」

梗佳は照れ隠しするように、わたしの持ってきたバッグに目を向ける。

そういえばさっき、わたしがお背中お流ししたことを「親身にしてくれた」って言っていたっけ。

ふーん――あれが親身ってことになるんだ……と、わたしの心に邪な光が差す。

「じゃあわたしも、こんなのでいいなら放課後に差し入れ持ってきてあげよっか？」

それはもう、下心満載の提案だった。梗佳の目が見開かれる。

「え、で、でも……」

「遠慮しないで！　うちのお父さん稼いでて、お小遣いが余ってしょうがないんだから」

わたしは大げさに言う。嘘ではないけど大した額ではない。だいたい残業代だし。娘との絆をお金で埋め合わせているなんて悲しい話だと思うけど、こうして人のために使われるなら、美談成分がちょっとは勝つ気がする。

そうわたしがプッシュしてもなお、梗佳は曖昧な表情だった。

「明日からゴールデンウィークで、十連休とかだと思うんだけど……」

「え？」

わたしはスマホを出して、カレンダーを見た。数字も、漢字やひらがなとかと同じく、わからない文字の仲間だけど、日付くらいなら色と配置でわかる。

「……間の平日も、うちの学校は休みだっけ？」

「うん」

「確か三月くらいに、そこで飛形――友達とランド行こって決めた覚えがある。あと、地元の友達と会ったり、ＢＢＱしにいったり、家族で親戚の家に行ったりみたいな予定が詰まってたような

「……」

「忙しいなら、別に……私、そこまで困ってないし」

梗佳は申し訳なさそうにしている。まあ、梗佳目線だと、せっかくの休みに学校の謎の冷凍庫まで来させるのは、気が引けるだろう。

「ん……？　っていうか、梗佳はずっとここにいるの？」

まさかと思って、わたしは訊ねる。

「まあ……そうなるかな」

梗佳は歯切れ悪くうなずいた。

マジか。ただでさえ今まで二週間もこもってきたのに、さらに二週間はいる覚悟らしい。たった数時間プンスカ歩いて、結局親に迎えに来てもらったわたしの家出なんかとは、本気度もスケールも違い過ぎる。

そして、わたしは素朴に思う……いったい、こんなところで、この子はなにをしているんだろう。

どうして、わたしは彼女とだけ、話ができるんだろう。

それがどうして、こんなにも気持ちよくて感情が揺さぶられるんだろう。

さっき、梗佳はぽろっとこぼしていた。

――あなたの言ったことが適当なら、外に出た時、きっと大人に通報して……今頃、私は終わってるはずだもの。

わたしが通報したら、梗佳は終わっていた。その不意に滲んだ不穏さが引っかかる。

わたしは全然、梗佳のことを知らないんだ。

なら、もっと――梗佳のことを知りたい。知らなくちゃいけない気がする。わかってあげなきゃ。

梗佳がわたしにしてくれたみたいに。

「そっか。じゃあ、連休明けに、物資持って絶対に来るから」

今度は遠回しにではなく、はっきりと伝える。

「う、うん……ありがとう。でも、無理はしないで」

「わたしにはできないって。梗佳もわたしが来ないからって、身体臭くしないでよ」

そうやってかますと、梗佳はあわあわとわたしの持ってきたボストンバッグを指さす。

「あ、ありがたく使わせてもらうから！」

「あはは。そんじゃ、次会った時、匂いチェックしよ」

「もう、その嗅ぎたがりはなんなの……」

呆れたような物言いと視線が、ちょっと嬉しかった。

それから、しばらく他愛のない会話をしてから、梗佳に時間が遅くなっていることを教えてもらって、慌てて冷凍庫と隠し部屋からおいとましました。

シンクを這い出ると、窓の外は薄暗くなっていた。

言葉のない世界に戻ってきてしまった、という感想が真っ先にやってくる。

調理棟を離れた頃にはもう、梗佳とはやく会いたい、と願っているわたしがいた。

2

連休といえば最高で、始まる前日の夜は、もう二度と学校に行かなくていいような気がするものだけど、今年のＧＷにはびっくりするほどぬるっと突入した。

そして、そのままの勢いで毎日が溶けていく。

初日、暇だったので家の近くのショッピングセンターに行ったら、中学の時の友達を見かけたけど、どうせ言葉がわからないと思うと、面倒になって素通りしてしまった。それから、家に帰ってなんとなくスマホを見たり、テレビを観たりしたら、あっという間に一日が終わった。

どうせなら梗佳のところへ行けばよかった、と後悔したけど、突然押しかけても迷惑かな、とも考えてしまう。わたしにとって貴重な存在でも、梗佳からすればわたしなんか、呼ばれてもないのにやってきた珍客でしかないんだし。

次の日はお父さんが休みだったので、親戚の家に行って、最近生まれた赤ちゃんに会ってきた。

ウルトラ小さくてかわいかった。言葉も話せないし、周りになにを言われているのかまったくわからないのに、えけえけ笑っているだけで幸せを振りまく。

わたしもここを目指せばいいのかも知れない。それなら、どんなに幸せだろう。

ちなみに妹はどちらも家を空けていて、話す機会がなかった。

妹は文化系な見た目通りに吹奏楽部員で、五月の終わりにある演奏会に向けて頑張っている。ずっと前、楽器はなにやっているのか聞いたら、「トライアングル」と言われた。本当か嘘か、どちらともあり得るのですごい子だ。


で、その次の日はいよいよ飛形たちとランドへ遊びに行く日だった。

この日に向けてグループトークも活発に動いていたけど、例によってわたしにはその会話がわからず、スタンプの表情から推理して「いいね〜」「それで！」とか勘で書いたり、絶対に乗りたいアトラクションを連呼することで、会話に参加している風にしていた。

待ち合わせも誰かに決められちゃうとわからなくなるので、先に自分で提案する。駅の地図をスクショして「ココ！」と矢印を引っ張って、時間も指定した。正直これくらいなら普段もやるけど、そうしないと詰む！　という意識でやるのはなんか違う。

それでも、なんだかんだ楽しみにしていた。テーマパークに言葉はいらない。素敵な建物とかお洒落な鋪道、華やかな音楽に五感をメタメタに揺さぶるアトラクション、それとかわいいキャラたちがいてくれれば、それで十分だ。わたしでも楽しめるはず。

そう思っていたけど——実態はなんか違った。

パーク巡りは作戦が大切になってくる。アトラクションの混み具合、グッズの在庫、パレードの場所取り、とかとかを、アプリやＳＮＳのリアルタイムの投稿で収集して、これからどうしようか決める。

わたしにはわかりっこない情報に従ってみんな行動するものだから、自分がどこへ向かってなにをしようとしているのか、全然わからなくなってしまう。

平日とはいえ、やっぱり連休中なのでかなり混んでいて、行く先々で長蛇の列だ。先の見えない中、待ち列ではそのアトラクションの説明が延々、流れている。

みんなはスマホをいじりながらなにかを喋るけど、楽しそう、以外のことがわからない。わたしにはみんなが盛り上がったタイミングで、「あはは」となるべく大きな声で笑うことしかできない。ちゃんと話聞いてますよ、理解してますよ、というポーズのために。

めっちゃ待ってやっとライドできて、テンションが最高にまで上がっても、ものの数分程度であっという間に元通りの世界に戻される。

なんか……やっぱり、ダメなんだ。

こんなに素敵なものに囲まれて、楽しそうな人たちで溢れているのに、芯から乗り切れない自分が嫌になってくる。

でも、そんな素振りも見せられないので、ハシャいでおかなくちゃいけない。わたしならこうするな、と、自分で自分のマネをするように、はしゃぐ女子高生を演じている――。

そのうち、各々ショップを探索する流れになって、ようやく一息つけた。

ぬいぐるみの群れの中に混じって、ボーっとする。なんも考えなくていいから楽ちんだった。ああ、いっそぬいぐるみになりたい。このまま陳列してほしい。それで、なにも言わなくなったわたしを未来永劫、無期限にかわいがってほしい。いや、なにを考えているんだ、わたしは……。

その時、ある一匹のぬいぐるみが目についた。

数いるキャラの中でもマイナーな、黄色い人造エイリアン？　みたいなやつだ。

わたしはそのシリーズのことをあまりよく知らないけど、妹はこの子が大好きだった。サンドイッチが好物って性格に影響されて、一時期、妹もサンドイッチばっか食べていた気がする。

――この子を連れていけば、あの時の埋め合わせになるかな。

わたしはそのめっちゃ大きな瞳をきゅっと見つめながら、呟く。

「……でも、いまさら？」

ためらうわたしの心に梗佳の言葉が返ってくる。

『いまさらだから、いいんだよ』

即決。わたしはその子をお迎えすることにした。

でっかいショッパーを持ってみんなのところに戻ると、指さしてワーワー言われたので、ちょっと誇らしげに宣言する。

「これ、妹への誕プレ」

そうやって堂々と告げることで自信がついた。みんなもへーっと目を開いて、いいじゃん！　っ

て言ってくれた、と思う。半年遅れなんだけどね。

今度は逃げないで、ごめんねって言おう。

もし蔑まれたとしても——どうせなに言ってんだかわかんないわけだし、問題ないってことにしよう。


その後、日が暮れてからも遊びまわり、閉園時間を迎えてわたしたちは解散した。

帰りの電車からはひとり、またひとりと抜けていき、最後には飛形とふたりになった。

で、わたしはというと日中の疲れがガッと来て、長椅子の隅っこで爆睡、飛形に起こされた時にはもう最寄り駅に着いていた。

「はーっ、楽しかったー」

電車を降り、ホーム上で伸びをしながら言う。本音を言うと気苦労の方が多いくらいだったけど、きっと、前までのわたしならこうしただろうから。

「■◇、□■□」

ただ、飛形の不意に張り詰めたような声を聞いて、思わず背筋が真っ直ぐになる。

「な、なに。どうしたの？」

「□■■◇■、□□◆◇◇？」

飛形はなにかを問いかけてきている。

なにを言っているかはわからない。でも、わたしにはわかった。なにせ、人生で一番長く接してきた友達だから。

きっと、飛形は——シオ、今日、楽しんでなかったよね、って言っている。

足が引きつって、止まってしまう。

ヤバ、こんなあからさまな反応、そうだよ、って答えているようなもんだ。

「な、なにが？」

その上、下手くそすぎる返し。

飛形はそんなわたしの少し前で立ち止まると、半身で振り返り、もう一度同じ調子で言う。

「◇□、■◇、■◇□◆◇■◇■◇◇■◆◇？　◇■□□、◇◇■■□□。■□■◇□□、□◆□◇■◇◇……■□□□◆■□■。◆◇◇■■」

長い台詞。少し、声が震えている。怒っているの？　それとも、幻滅している？　それとも単に心配してくれている？　わたしにはわからない。どっちとも取れる。

ただ、いずれにせよ、わたしがなにか隠しているんじゃないか、って訊いているのは間違いない。

そうじゃなきゃ、楽しかった帰り道にこんな雰囲気にはならない。

——正直に、話す？

にわかに心臓がドキドキし始めた。

実はみんなの言葉、わからないんだよねーって、話す？

今、ここで？　なんの準備もなく？

……できない！　わたしの全身の細胞がそう叫んだ。

そんな冗談みたいなことを信じてもらえるわけがないし、今まで、適当にノリを合わせてきただけなのがバレる。それに対して、飛形がどう返すのかも、わからない。ナメたような誤魔化し方をされたって、悪く思うかも知れない。わたしのことを見損なうかも知れない――。

そうか、わたしは飛形に変な目で見られたくないんだ。梗佳ならいくらでもいいのにな。それは言葉が通じているから？　いや、そんなことはなくって。わたしは前から、飛形のペースに合わせるようなフシがあった。お母さんとの喧嘩を愚痴った時もそうだ。話題をいつの間にか飛形の家の話に取られて、内心ではムッとしながらも、大変だねーって持ち上げなくちゃで……。

な、なんなんだ、わたしは飛形のことが嫌いなの？　こんなこと考えるなんて。

わからない。わたしは飛形をどう思っているのか、自分のことなのにわからない。

いや――それはこの際、どうでもいい。結局、一番ありえないのは正直に話すことだ。やり過ごさなくちゃ。頭を回せ。

えっと……今日みたいに楽しい日に、わたしが上の空になるくらい、強い悩みごとって――。

その時、ふと、梗佳のことが浮かんだ。

冷凍庫の中、ＬＥＤの灯りに照らされて、幽霊みたいにやつれた梗佳の姿。

わたしの悩みを受け止めて、わかってくれた、あの大きくて綺麗な瞳。

「じ、実は」

気がつけば、口だけが自分から喋り始めていた。

「き、気になる人ができて……さ」

そして、自分の言葉を聞いてぎょっとした。

なに言ってんだわたし！！！！！

耳の先にボッと火がともったみたいに熱くなったけど、違う違う。

気になるっていうのは、その、総合的に見てだよ。環境とか、出会いとか、言葉がわかるとか、めっちゃかわいいとか匂いすごいとか——その謎に満ちた身の上とか、そういうのひっくるめて気になる。そうでしょ？　言葉のアヤだよ。

とか、高速で言い訳を並べても、しょせん全部頭の中のこと。

飛形の耳には「そういう」風に届いているはずで。

神にも祈る気持ちで反応を待つと——。

「◆◇……□、■◇■◇■！　□■、□◆◇！」

らしくないほど驚いていた。もう、なにを言っているのか、わからなくてもわかる。

「い、いや、そんな驚く……？」

「□、◇□□、■■◇■□□◆◇◇□◇◇、■◇■◇◇■◆◇◇■■◇、◇◇、■■◇！」

ううん……絶対失礼なことを言われてんな。

まあ、うまいこと誤解がハマって、事なきをゲットチャンスではあった。もう、このルートでいけるところまでいってしまえ。

「◆◇、□？　■、□◇■□□！　◆■！」

飛形はぐいぐいと詰め寄ってくる。これはきっと、相手が誰か訊いてきている。

「そ、それは言えない！　ごめん！」

「□、□■◇」

これは、なんでよ、の顔。

そりゃ、飛形が知っているかはわからないけど、「自称失踪中の栖上梗佳」なんて言うのはややこしさの極み、熱しまくった油に水をぶち込むようなものだ。

でも、この場面ではいい感じの言い訳をしなくちゃいけないわけで……。

「え、ええと……身分の差がえっぐくて……」

少女漫画かいっ。

自分の言葉に突っ込んでしまう。というか、デカい門つきの家在住のご令嬢相手に、その言い訳はキツくない？

「……□■◆◇◇、◇■□◇■◇◇□◆◇？」

飛形は打って変わって、真剣な表情で言う。これはなんて言っているんだ……？

疑われているのかも知れないけど、わたしはもう押し通すしかない。

「だから、あんまり多くは話せないけど心配しなくて平気」

「■□、■□□□◆□■■◇■◇■◇◇◆――」

「ヒナにはなにかあったら絶対に話すって約束するから！　ね！」

もうなにかあった後なんだけどな、と思いつつ、飛形の言葉を強引に遮って告げる。

その勢いになにか感じたのか、飛形はわたしをじっと見て、こくりとうなずいた。

「……◇■□□。■◆◇、□◇◇□◇■◆■」

「大丈夫。安心してよ」

わたしがそれっぽい台詞を告げると、なんとなく収まった雰囲気になった。

ふぅ。なんとか取り持てたかな。とんでもない誤解を与えたかもだけど、まあ、後のことは後で考えればいいや。

改札を抜けて駅舎を出ると早島家の車が待っていて、ついでにわたしも家まで送ってくれる流れになった。言われたであろうお言葉に甘えることにする。

車が走り出して、すぐに飛形はすやりと眠り始めた。

その横顔を眺めながらふと、実は飛形も今日一日、わたしのことでずっと気を揉んでいたのかな、と思った。

だとしたら……ものすごく悪いことをしちゃったのかも知れない。

なにか理由をつけて断ればよかったかも。わたしなんかいないほうが――。

そんな考えが頭をかすめ、それがうんざりとするほど正解な気がしてしまった。

同時にものすごい寂しさがわたしを襲う。

いてもたってもいられなくなり、ショッパーからぬいぐるみを出してぎゅっと抱きしめた。綿なのか繊維なのか、独特な匂いがつんと鼻をつき、どうしてかまた梗佳のことを思い出す。

エンジンの音が遠く聞こえる。このまま、あの冷凍庫までわたしを連れてってくれないかな。

そんな胡乱《うろん》なことをぼんやり思ううちに、気づかない間にわたしも眠りに落ちていた。


家に着いたのは二十三時過ぎだった。飛形は眠ったままだったので起こさないように、運転手の人にお礼を言って車を降りる。

薄暗い玄関がわたしを迎える。お母さんは寝室に引っ込み、お父さんは——靴がないから終電帰りか。

「ただいまぁ」

言いながら家に上がると、廊下の奥、洗面所からのそのそと妹が顔を出した。

「□◇■◇。◆、■■◇■」

「わっ、は、葉和っ」

突然の妹に、わたしはうろたえてしまう。最近は全然家で遭遇しないから油断していた。

人慣れした猫みたくトコトコ寄ってきた妹に、わたしはほとんど脊髄反射的に口を開く。

「あ、えっと……こ、これ、あんたが好きな……その、誕生日プレゼント、あげれなかったから」

ほとんどなにも言っていないまま、わたしはショッパーを差し出す。

案の定、妹はハテナを浮かべながらその中を覗き込み――それから、ぱっと顔を輝かせた。

「◆■□□◇！」

なにか高い声で言って、わたしの顔を見る。

すごい、妹の目がキラキラしている。いつもの、のへーっとした感じからは、想像もつかないほどのテンションの上がりっぷりだ。

「この子、好きだったよね……って思って」

「□■！　□◆◇■□◇■。□□◆◇？」

食いつきがすごくて、わたしは思わず笑ってしまう。なにを言っているか、手に取るようにわかる。

うん、すき。くれるの？　って妹は言っているはず。

「あげる。半年前にあげられなかった誕生日プレゼントの代わり」

「◇□□……？　◆◇、■□□◇■、□■■◇■◇■□□◆◇■■」

妹は小首をかしげる。わたしはうなずいた。

「そう、あれからずっと気にしてたの。本当にあの時はごめん。ずっとお母さんのせいにしてたけど……ホントはわたしが適当だったせいだって――反省してます。あと、お祝い、こんないまさらになって、ごめんね……葉和、誕生日おめでとう」

そう告げて、わたしはショッパーの中のぬいぐるみを渡す。

妹はそれを受け取ると、ふふ、と笑いを漏らして、なにかを言った。

「□□◆◇◇□◇■□」

それから、ぎゅーっと抱きしめる。

「■■、◇■◆◇◇■■◇□◆◇■。□◆□。□◇◆◆」

その言葉の意味はわからない。けど——その笑顔を見れば、わたしの想いを受け入れてくれたことは、一目瞭然だった。

嬉しい、ありがとって。

そうとわかった瞬間、足の力がどっと抜けてしまって、わたしはその場にぺたんと座り込んでしまった。

「よ、よかったあ……葉和に嫌われちゃったかと思ったあ……」

「◆◇◇、◆■□■■◇■◇■□□◆◇■■◇」

間抜けなわたしの頭に、妹はぬいぐるみのお尻をぽんぽんとあててくる。

その言葉の意味は察せなかったけど、可愛くて手ぬるい罰で姉は大変助かった。

「◇◇■◆◇◇■■◇□◇」

「うん、おやすみ」

ちゃんとした姉妹みたいなやり取りをして、わたしたちはそれぞれの部屋に戻った。

わたしは荷物を放り出すと、ぼふっとベッドに倒れ込む。その一瞬で今日あったいろいろが、わたしの身体の中からわっと散っていくようだった。

今日はいつもに増して、言葉のわからない苦しさに惑わされた日だった。だけど、最後の最後の妹とのやり取りでかなり救われて、トータルではいい日だった気分になっている。

梗佳のおかげだ。梗佳が背中を押してくれたから。

わたしはスマホを開いて、さっそく梗佳にこのことを知らせようとした。けど、アプリを開いたところで、はたと指が止まる。

わたし、梗佳の連絡先もアカウントも知らないじゃん。

なんで前会った時、そういう流れにならなかったんだろう。ううん、じれったい。めっちゃ今日あったことを話したい。ありがとって伝えたい。あわよくば……今度一緒に行こって誘いたい。

なんて思いながら、SNSのタイムラインを眺めていると、ふと、とあるアイコンが目についた。

飛形のサブアカ「とびかた」に投稿がある。別れた後、目を覚ましてやったんだろう。

今日一日、遊び倒してきた報告の写真、それから、なにか割と長めの文章が綴られている——なんでこんな文量？　いまさらこんな感想書く子じゃなくない？

その得体の知れない塊を見て、わたしはさっきの駅のホームでのやり取りを思い出した。

もしかして、わたしのことでなにか言っていたりする……？

そうとは限らないはずなのに、そうとしか思えなくて心が揺れ出した。

結局、気になっている人がいるとか言って、それっぽく誤魔化しちゃったけど、飛形、あの時、本当はなにを思っていたの？　信じてくれたの？　それとも嘘だって？

そう考えた途端、「とびかた」の投稿が全部、わたしのことなんじゃないかと思えてきてしまう。

わからない。言葉が通じたとしても、わからないような気がした。人の本心は誰からも見えないところにある。なんて嫌な事実なんだ。ずっと、ずっと一緒にいた友達のはずなのに——。

「もうっ……」

わたしはスマホを放り投げると、枕を抱いて丸くなる。

梗佳に会いたい。

とにかく、なんでもかんでもぶちまけたかった。楽しかったことも、嬉しかったことも、悲しかったことも、全部全部、話してわかってもらいたい。そして、わかる言葉をかけてほしい。その気持ちよさでわたしを癒して欲しい……あれ？

わたしはガッと身体を起こした。

どうしてわたしは、いつも肝心なことにスマートに気づけないんだ。

ベッドから立ち上がって、カレンダーを見る。連休はまだ折り返し地点にもいってなくて、忘れているのでなければ明日明後日は特に予定もない。

……行きたいなら、行けばいいんだ。

それで迷惑だって思われたら、迷惑だって直接言ってもらえばいい。そのための言葉じゃん。今の世界でわたしにはっきりそうと伝えられるのは梗佳だけなんだから、なおさら都合がいい。

わたしはダッシュで部屋から出ると、お母さんがうつらうつらしている寝室に飛び込む。

「お母さんお母さん！」

「◆、□□……◆■□、□□◆◇◇」

ぼにゃぼにゃとなにか言ってるお母さんに向けて、わたしは言い放った。

「明日、友達の家に泊まってくるから！」

3

そういえば、ボストンバッグは冷凍庫の中に置いてきていたので、お父さんの持っている可愛さの対極にあるおっさんみたいなバッグを借りて、ついでにお小遣いもせしめて、わたしは家を出た。

まず、ショッピングセンターに行って、訪問にふさわしいだけの物資を見繕う。衛生回りは前に持っていったのがまだ余っているだろうから、買うのは自分用だけでいいとして、そしたら今日は食べ物とか持っていく？　としたら、やっぱ日持ちするのがいいかな。

保存食のコーナーに行くと、思ったよりたくさんの種類があった。カンパンとかビスケットみたいな王道なものから、レーションとかいうガチめなやつとか、パンや羊羹、おでんにお餅みたいな変わり種まである。さすが食へのこだわりがすさまじい国にいるだけある。

わたしはおいしそうなものとか、面白そうなものを買って、ほかにもあったら嬉しそうなものをいろいろ仕入れた。

それから学校へ向かう。いつも果てしなく面倒なこの道のりを、こんなワクワクした気分で行く日がくるなんて思ってもみなかった。

ちなみに生徒は私服での登校を禁じられている。校門を跨ぐには制服じゃなきゃダメとかいうお堅い校則のために、こんなド休日に制服を着てきた。

いかにも部活ありますよーという顔で校門を通って、しれっと調理棟に向かう。

ふと、休日だしもしかして、この建物ごと施錠されていたりする？　と思ったけど、通用口は当然のように開いたので胸をなでおろす。不用心で助かった。

上履きはないので靴を二本指にぶら下げ、調理準備室へ。ガコガコガコ！　と揺らしたら、スーッと開く。ばっちり。後ろ手で施錠しながら、わたしは気分の高鳴りを感じる。このおばあちゃんちみたいな部屋の匂い。汚い皿の山さえなければ、この部屋の雰囲気は全然嫌いじゃない。

前と同じようにシンクの下を抜ける。壁の板はパンチせずとも、ちょっと押すだけで簡単に外れた。もしかして、次にわたしが来る時のために調整しておいてくれた？　そう思うと、ちょっと口角が上がる。

地下室に入ると、冷凍庫は相変わらずそこにあった。つくづく意味不明な部屋だ。いったい、なんのためにあるんだろう。まあ、実際ここにあることになったから、あるんだろうけど。

そんな頭の悪いことを考えつつ、重たい扉をうんしょーっと引っ張る。

開いた隙間から漏れてきた匂いを嗅いだ瞬間、わたしのテンションはドッと上がった。

「やっほー、梗佳。来たよ」

「えっ！　ど、どうして……？　まだ休み中じゃ……」

梗佳は相変わらず隅っこの方で、タブレットを持ってきょとんとしていた。

わたしは前持ってきたボストンバッグの隣に、今日持ってきたおっさんバッグを下ろすと、彼女の隣にすとんと腰を下ろす。

「えへへ、家出」

「家出って……わっ、待って、いきなり嗅がないで！」

「約束守ってたかチェックだよ……って、ヤバ！　なんかめっちゃいい匂いするんだけど！　あ、ちょっと、逃げないで！　もっと嗅がせろ！」

「や、やめて、心の準備が！　ひぃいいいん……」

梗佳はわたしが与えた宿題を忠実に守っていたのか、びっくりするほどのフローラルな香りに包まれていた。あんなケミカルなものばっか与えていたのに、このオーガニック感はなんなの？

うーん、やっぱりズルい。同じ生き物としてズルいよ、梗佳。

わたしはバツを与えるつもりで、逃げる梗佳の髪の匂いをしこたま吸った。

天にも昇る気分だった。


というわけで、わたしはふと思い立って、この冷凍庫へお泊りしに来たことを説明した。

「お泊りって……こんな、なにもないところで？」

「わたしにとっては、梗佳がこの世界で唯一の話し相手なんだよ。ってことは、ここには全部があるといって過言じゃない」

「そ、そう。なら、いいけど」

いいんだ。嬉しい。もうこんな単純なやり取りでも、気持ちよくなってしまう。

「っていうか、ねえ、聞いて。前、妹のこと相談したでしょ」

「うん。お誕生日のお祝いのことね」

「それでね、昨日友達とランド行ってきたから、あの子の好きなキャラのぬいぐるみ買ってさ、誕生日のプレゼントってあげたら、すっごく喜んでくれた！」

「ほんとに！　よかったね」

梗佳は薄く微笑む。うわぁ、眩しい！　もう、本心から「よかった」って思っているのが伝わってくる。わたしにはわかる。その感情を浴びて、妹と和解できた喜びがもっと大きくなった気がする。

それから、梗佳が続けて訊ねてきた。

「でも……言葉がわからなくても、喜んでるってわかるの？」

「そりゃ、見てればわかるよ。特に妹は表情にあんまり感情が出ないからさ、喜ぶとパッて明るくなってわかりやすいんだ。それがすごく可愛くて、和む」

「ふふ、いいね」

「へへ、その顔見れたのも全部、梗佳がアドバイスくれたからだよ。ホントに感謝してる」

「そんな、私が言ったことなんて……あなたが頑張ったからでしょ」

「もー、人格者さんかいっ！　でさあ、もう、すぐにでもこのことを梗佳に伝えたくって」

「それで今日、泊まりにきたってわけ」

「そう！　わかってるね〜。ほらほら、お礼も兼ねてさ、食べ物とか、お菓子とかたくさん持ってきたから食べよ」

「うわ、ほんとにすごいたくさん……山ごもりでもするの？」

「あはは、もう冷凍庫ごもりしてるでしょうが」

梗佳の冗談に、わたしは心から笑えた。

なにを言っているのかとか、いちいち考えなくていい。すぐに通じて、わかって、わかってもらえる。そうやってトントン拍子に進んでいく会話は、呆れちゃうくらいに楽しくて、気持ちがよかった。それだけで、わたしはここにいていいんだって思える。

「これパンの缶詰だって」

「缶切りは？」

「あ、なくてよくて、ペリって剥がせるやつ……わ、はは！　パンでパンパン！」

「え？　あ、本当、あははは、すごい、みちみち」

「カップケーキみたいになってる。……はい、梗佳」

「え……自分で食べるよ」

「そんな、恩人の手を汚させるわけにはいかないって。ほらほら、あーんして」

「え、ええ……もう、すぐそうやって――んっ」

「どう？」

「……ぱさぱさしてるけど甘くておいしい。バターもきいてる」

「へー、わたしも食べよ。……あ、ほんとだ。こりゃいける。おいしいね」

本当は物足りない味だったけど、おいしいね、と言い合うだけで本当においしく感じられる。いくらなんでも言葉とかいうもの、万能過ぎない？　わたしは久々に心安らかな食事を楽しんでいた。

もそもそ食べるうちにパン詰めが空っぽになったので、おっさんバッグを引き寄せる。

「んーと、他にもいろいろあるよ。羊羹とか――」

「あ、私、お腹いっぱいだから、もう大丈夫」

「え、もう？」

梗佳はこくっとうなずいて、ちょっとおっさんバッグから距離を置いた。嘘でしょ？　梗佳が食べた分じゃ、一日に使う十分の一のカロリーも賄えてない。

わたしは母ちゃん根性で、無理にでも食べさせようと思ったけど、申し訳なさそうに身を縮こまらせる梗佳の姿に、思わず手が止まる。

……本当に喉を通らないんだ。

「そ、そっか。じゃあ、せめて……」

わたしはバッグの中から黄色の箱を出して包装を解き、いかにも健康的ですよーって見た目のバーを一本手渡す。

「これは食べてよ。カロリーと栄養、取れるから――」

「う、うん、ごめんね」

梗佳は受け取ると、ふう、と息を吐いてから、角っこを齧った。ハムスターみたいに小さな一口だった。

なんだか、見てはいけないものを見た気がして、少し息が苦しくなる。

やっぱり梗佳は、ここにいたくているわけじゃないんだ、とその姿を見て悟った。

まあ、それはそうだ。そもそも冷凍庫って生活を想定された場所じゃないし、一歩出れば真っ暗でホラーな空間だもん。アクセス元がシンクの下とかいうのもおっかないし。古今東西、怪談もので水場はヤバいと相場が決まっている……。

でも、いったいなにがあったの？　なんて問い詰めるつもりはない。

今までの反応からして、梗佳はあんまり積極的に身の上を話したくなさそうだった。わたしはなんでも受け止めるつもりだけど、話してくれるまで待つのが梗佳にとって一番のはず。

「じゃあわたし、羊羹食べちゃお。わ、すご。見て期限、これめっちゃ日持ちする」

「ほ、ほんとだ」

「ってことは、今日食べきれなかった分は置いてってても、全然平気だね。ゆっくり食べてってくれればいいよ」

「い、いいの？　こういうのって安くないでしょ」

「いいのいいの。梗佳がいなかったら、わたし今頃、どうなってたかわかんないもん」

個別パックされた羊羹の包装をぺりぺり剥いて、パクつく。うおお、和な甘味。お茶が欲しくなって、おっさんバッグからペットボトルを取り出して飲む。

「あ、飲み物もあるから好きなのどーぞ」

緑茶、麦茶、コーラ、スポドリ、水。机代わりのポータブル電源に並べる。

梗佳はそれをちらりといちべつだけして、すぐわたしに視線を戻した。

「ねえ……どうして、私とだけ言葉が通じるんだと思う？」

「さあね。通じるから通じるんでしょ」

わたしの中で、この現象を考察するフェーズはとっくに終わっていた。人間、だいたい二週間もすると大概のことには慣れきってしまうらしい。

今のわたしにとって重要なのは、梗佳となら話ができる、という事実だけだった。

「じゃあ、その相手が、こんな、どこの誰だかもわからない、ポッと出のやつじゃなければよかったのにって……思わない？」

「んー？　いや、別に思ったことないけど……」

「仲いい友達とか、大好きな妹がいるんでしょ。話せるのが、その子だったなら、とか」

「いや……あんまり想像つかないし、現実そうなってないんだから、考えてもしょうがないじゃん。今日だって、梗佳と話したいから来たんだよ」

「でも……それは他に選択肢がないからでしょ」

「そうだけど、その唯一の人が梗佳で本当によかったと思ってるよ。これじゃダメ？」

「……わからない。私、自信、ないよ」

梗佳は食べかけのバーをその辺に置くと、膝を抱えて俯いてしまう。

じ、自信がない？　わたしは思わず「えーっ」と叫んでしまった。

「なんでよ！　めっちゃ可愛いし、すごくいい匂いするし、いいリアクションしてくれるし、漢検一級勉強したりして頭もいいし、わたしの言うことを信じてくれたり、相談乗ってくれたり親身になってくれるめっちゃいい子だし、それなのになんで自信ないの？」

そうまくしたてると、梗佳はぱっと顔を上げて、耳を真っ赤にぷるぷる震え出す。

「なっ……なな、なにが目的なの……っ！」

「いや、だから、梗佳と一緒に過ごしたいって言っててんじゃん」

「ん、む、むぅ……」

「あ、それとも、わたしがいると迷惑？　うざい？」

もしやと思って訊いてみると、梗佳は真っ青になって、わたしの方へ身を乗り出した。

「そ、そんなことはない！　絶対に！」

それからハッとした顔になって、おずおずと数センチ後退する。真っ赤になったり真っ青になったり、信号機みたいで忙しそうだ。

でも、ようやく彼女の心の底の方が見えた気がして、わたしはちょっと心穏やかになる。

「なーんだ。梗佳もわたしが来て嬉しいんだ？　ならはっきりそう言えばいいのに」

「うっ……だって、こんなあえて引きこもってる感じなのに、誰かが来て嬉しいなんて……ダサいじゃん」

「あ、出た！　誰が気にするわけでもないのに張っちゃうヘンな見栄」

「う、うるさいな」

つん、とそっぽを向き、綺麗な髪の毛がさらりと肩から落ちる。

そのさりげないひと仕草に、わたしの心臓が小さく跳ねた。

「──嬉しいな」

わたしは彼女の方へぎゅっと身体を寄せて、言う。

「わたし、嬉しい。梗佳が嬉しくて、嬉しいよっ」

「わ、わかった、わかったから……あんまりベタベタしないで……」

「へへ、えへへ、ふへへへ……押し付けがましくなってんじゃないかって、ちょっと不安だったからさ。梗佳もわたしと会いたがってくれたのなら、よかったあ」

「もう……」

梗佳は困ったように、でも満更でもないように小さく笑った。

4

梗佳は冷凍庫の中の時間を、本を読んだり、漢検一級の勉強をしたり、タブレットやスマホで、あらかじめダウンロードしまくってきたサブスクの動画を見たりして過ごしているらしかった。

「オフライン視聴しかしてないって、やっぱりここって電波ないの？」

「さあ……試してないけど、地下だし入らないんじゃない」

「え、試しなよ。それじゃ新作観れないじゃん」

「もし繋がったら、居場所がバレちゃうでしょ」

ああ、なるほどー、と思った。探そうと思えばスマホの位置を特定できるんだっけ。前に家出した時、自分から居場所をあっさりバラしたわたしとは違って、筋金入りの失踪者だ。

「あれ、ってことはわたしも切っておいた方がいいじゃん！」

「まあ、あなたは別にいいんじゃない……行方不明ってわけじゃないし、あえて探されることもないでしょ」

「あ、そっか……お、ギリギリ5G入る！」

「へえ。ここ、完全な地下だと思ってたけど、実際は半地下なのかな」

「やったね。わたしのスマホ使えば新作観れるよ！」

「ええ、でも、あなたの通信容量使うのは……」

「それもそうか。じゃあ、これぞってやつ、低画質で一本だけね」

「そこはちゃんとするんだ……全然いいけど」

「ギガの一滴は血の一滴だから――あ、スースターの新しい動画上がってる。ねー、スースター知ってる？」

「スースター……？　知らない。そういうインターネットのグループ？」

「そうそう――あ、せっかくだし一緒に動画観ようよ」

わたしは少し思うところがあったので、スースターを布教してみる。

梗佳はじとっと目を細めた。

「ギガの一滴は血の一滴なんじゃないの？」

「ここが血の流しどころなんだって」

「絶対そんな日本語の表現ないよ……」

あんまり乗り気じゃない梗佳の隣に陣取って、スマホの画面を共有する。

タップすると、おなじみの挨拶から動画が始まった。

「私、あんまりこういうアイドル系の人は疎くて……」

「いいから見てなさいって。ちなみに、今日の企画なに？」

「え？　それタイトルに……ああ、そうだよね」

梗佳は思い出したように呟く。

そういえば、わたしの言葉わからないところを実演したのはこれが初めてだった。

「えっと『鯉に尾びれでたくさん往復ビンタされた人が勝ちのゲーム！』だって」

「なにそれ」

「そのまんまでしょ」

本当にそのまんまで、メンバーがひとりひとり、池から引き揚げてビチビチいっている鯉に、パチパチビンタされようと頑張るだけの動画だった。なんの意味もない、わけのわからん企画だ。でも、こういうのがいいんだ。

梗佳は半信半疑、じとーっとした目で、成り行きを見守っている。

動画はテンポよく進んでいき、一人目のメンバー——飛形の推しのリョウくんが、釣り人の掲げた大きな錦鯉から、スーパーウルトラクリティカルな一撃を食らった瞬間、梗佳はスッと息を吸い込んだ。

そして――。

「あはははははは！」

めっちゃ笑った。わたしも笑った。動画に映っている人も全員笑っていた。申し訳ないけど、それくらい面白かった。

続いて、二人目、三人目がチャレンジするけど、リョウくんほどのあたりが出ずに、伝説化していく。

そして、最後のひとり。鯉は動かない……と思いきや、スイッチが入ったように動き出して、バチバチバチ！　と見事な往復ビンタを決めた。

「あははは！　ははは！　はははは！」

梗佳はめっちゃツボってた。わたしも笑うけど、梗佳ほどじゃない。これは負ける。完敗だ。

やっぱりそうだ。薄々感づいてはいたけど、この子、ゲラだ。

しかも、なんだろう、上品なゲラだった。心の底から面白いんだろうな、ってこっちまで見ていて嬉しくなる。馬鹿笑いなんだけど清らかさがある。聞く人の自律神経を整えたり、血流をよくして身体の中から老廃物を取り除き、内臓の動きを活発化してくれたりしそう。笑い袋にして落ち込んだ時に聞いたり、目覚ましにしたい。

「ね、面白いでしょ？」

動画を見終わってから訊ねると、梗佳は目尻をこすりながら、笑いの余韻を引きずりながらこくこくうなずいた。

「はー、はー……う、うん。わ、笑いすぎちゃった……」

「他にもおすすめ動画あるよ。えーっと、まずはねえ――」

梗佳が笑ってくれるなら、いくらでも血を流してもいい。

そんな鬼気迫る芸人みたいな心境で、わたしは月初めの新鮮なギガをなげうち、次々にお気に入りの動画を見せた。

「あはっはは！　ははは！　ひぃ、ひぃ、苦しい……っ！」

面白ポイントが来るたびに、わたしの想像を上回る勢いで梗佳は笑ってくれる。

なんか、この子は理屈っぽくて感情を見せないイメージあったけど、わたしと同じツボで、わたし以上にバカ笑いを惜しげもなく見せてくれるなんて、思いもよらなかった。

梗佳の知らなかった一面を見られて、わたしは嬉しくなるし、一緒に笑えてすごく楽しい。

わたしはたくさんのエンタメを提供してくれるクリエイターの人たちに、最大級の感謝と尊敬の念を抱いた。

夢中で観ているうちに、スマホの充電がなくなってしまったので、蓄電池につないで休ませることにした。

「梗佳ってめっちゃ笑うんだね。見せたかいありすぎ」

「そ、そう？　普通だと思うけど」

梗佳はなんてことのない顔をしている。あれで自覚がないんだ。なんか、それもまたすごくいい。

一周回って奥ゆかしい。こんなところで「奥ゆかしい」とか、明らかに誤用だろうけど。

でも、今後の人生で「ゲラなんだね」って無遠慮《ノンデリ》にたくさん言われて「やっぱそうなんだ恥ずかしい、笑うのやめよ」ってなったら嫌だな。梗佳ってそういうタイプだよね。

ふと、そんなことを思ったら、まだ現れてもいない無遠慮《ノンデリ》たちに腹が立ってきた。いるよなあ。そういうのに限って、ただ事実を言っただけですが、みたいな態度してんの。

くそー、事実陳列罪の施行をしてくれ！　わたしの梗佳から笑い声を奪うな！

……いや、わたしのじゃないけど。ちょっと、今の時間が最高すぎてキモくなっている。

ていうか、わたしも「めっちゃ笑うんだね」ってがっつり指摘しちゃったわ。ええ、ショック……わたしさんがそんなことするなんて思わなかった。

「……なに考えてるの？」

「うわっ！　なな、何《な》した！」

突然、顔を覗き込まれて心臓が跳ね、謎に古風な「どうした」が出てしまった。美顔が死角から突然インは一番シンプルに破壊力が高いんだよ。

「なんか、嬉しそうにしたりムッとしたり悲しそうな顔したりしてるから」

「な、なんでもないです……」

全部筒抜けだわ。わたしは顔を両手で覆った。トーストができそうなくらい熱い。恥ずかし。死ぬ。わたし、もう顔に感情出すのやめる――。

「……あのさ」

ふと、おずおずと梗佳が切り出した。わたしは指の隙間から眼球を出す。

「なに？」

「あなたの好みかわからないけど……わたしの持ってきた映画も観てみない？」

「え――っ、み、観る！　観たい、観たい！」

梗佳からそんな提案されて、全身の細胞が踊りだすようだった。

なにせ、梗佳がここにわざわざ持ってくるということは、それだけ思い入れがあるってわけで、梗佳の精神を構成しているということであって、イコール梗佳の頭の中を覗き込むようなものなのである。なぜか心の中の博士が登場しちゃうくらいには、革新的なことなのである。

「えっと……じゃあ、ベタであれだけどこれとかどう？」

梗佳がタブレットの画面を見せてくる。海外のイケオジがシリアス顔をしていて、そのバックに青い地球とそれを突け狙うまがまがしい隕石が映っていた。

「あ、これ観たことないけど知ってる。地球に隕石が落っこちてくるやつ」

「うん。もし苦手なら他のでも――あ、そもそも映画は言葉が……」

はたと気がついたようで、梗佳がおろおろし始める。

「まあ、大丈夫だよ。ノリで観るから」

「そ、それはそれで、せっかく観るんだから、ってところがあって歯がゆい……ちゃんと味わってほしい……」

「お、こだわり出てていいね」

「誰目線？　……じゃあ、わたしがコメンタリーする。わかんないところあったら、再生止めて話の整理とかするから。遠慮なく言って」

「え、めっちゃ手厚い！　お願いしまーす」

まあ、こういう映画のあらすじは決まりきっている。隕石が落ちてきそうだから人類が叡智をかき集め、頑張って食い止める。そんな筋書きにアトラクション感覚で乗っていればいい。

わたしは気楽な気持ちで、梗佳の細い指が再生ボタンを押すのを眺める。もし、ここがカフェとかで、近くにこの映画を知らない人がいたら、ネタバレのオンパレードになるだろうな。

まあ、冷凍庫の中ではそんな心配もない。

わたしは梗佳にぴったりくっついて、その声に耳を澄ます——。

「えーっ！　もう落ちてるじゃん、隕石！　街、もう滅んでんじゃん！　人類終わってる！」

「これはまだ小規模なやつで、全然助からないようなもっと大きいのが来るって宇宙開発局が見つける」

「これでちっこいの！　世界滅んでるのに！」

「これでも世界のごく一部だから……」

「世界でっかすぎ！」


「なんか対策チームできてるけど、このおっさんたち……大丈夫？　これ、人類の叡智？」

「まあ、その辺も含めて。ちなみに、全員のプロフィール知りたい？」

「ええ、言えんの……まあ、今は別にいいかな。観てればわかるし」

「確かに……それもわかりやすいように撮ってるのね……」

いつかのわたしが思ったのと同じようなことを梗佳が漏らした。嬉しい。


「あ、恋人とイチャイチャしてる。なんか死んじゃいそう。なに話してるの？」

「……命を賭けてまで地球を守る意味あるのかって話してる」

「意味なんてそんなの、またふたりで会うためじゃないの？」

「それだけじゃなくて、今の自分たちみたいに……愛し合う人たちを救うためにって」

その台詞は、まるで梗佳自身の言葉のように響いて、わたしは心がきゅっとしまった。

「やっと宇宙に出たぁ……なんか、おっさんの顔つき違いすぎない」

「……それは、帰ってこれないかも知れないんだから」

「あ、そっか……お願い、地球、救ってえ……それで、みんな無事で帰ってきて……」

「……」

梗佳はちょっと黙った後、静かにコメンタリーを続けた。


そうして、あっという間に全二時間半の本編が終わった。

結論から言うと、わたしは心がぐっちゃぐちゃになっていた。

「ひっぐ、うえ、えええええ……地球、救われてよかったけど、よかったけど……」

流れていくエンドロール、いろんなデカい気持ちが心の中でガンガンにぶつかりあって、胸がぞうきんで絞られたようでびっしょびしょに泣く。

確かに地球に落ちてきた隕石をぶっ壊すだけの話だった、けど、そのミッションために賭けられたみんなの想いとか葛藤とか勇気とか狂気とか、とにかくめちゃくちゃたくさんのドラマがあって、その全部に心を貫かれてしまった。

わかりきったあらすじとかナメてかかってごめんなさい。ぐうたら生きてきてごめんなさい……めっちゃよかった……おっさんたち……ありがとう……。

こんなに大泣きしたのは生まれた瞬間以来かも——って、同じこと、前にも思ったな。初めて梗佳と会った時だっけ……。

「すごい感情移入……もらい泣きしちゃったよ、もう」

梗佳もぐすぐすティッシュで目元を拭っている。

「でも……言葉がわからなくても、こんなに観れるものなんだ」

「言葉ならあったよ！」

わたしはチーンと鼻をかんで言う。

「梗佳がずっと教えてくれたじゃん。それがあったから、こんなに悲しくて、嬉しくて、ぶっ壊れちゃってんの！」

「……私、あなたの言葉になれてたんだ」

しみじみと梗佳が呟くので、なんだか無性に泣けてきた。

「そうだよ。梗佳がいるから、こんなんなっちゃったわたしでも、映画観て泣けてるんだよ。梗佳とだから泣けてるの。もう最初っから、全部、全部、梗佳のおかげなんだよ」

感情がめちゃくちゃなままに、心に浮かんだことを片っ端からぶちまけてしまう。そして、自分で言ったことに感動してもっと泣く。エモの永久機関だった。

そんなわたしを見て、梗佳は柔らかに笑う。

「……よかった。あなたに合うかどうか少し不安だったけど……そこまで言ってくれるなんて——嬉しい。ありがとう」

わたしは彼女の言葉に、思わずぽえっとしてしまう。

な、なに、そんなに優しい笑い方もできるわけ――。

その瞬間、むやみやたらに温かいものがわたしの胸を埋め尽くした。それはもう苦しくて、溺れてしまいそうなくらいの気持ちがいい、なにか。

それをなんと言い表せばいいのか、わたしにはわからない。

でも、その時、幸せだな、と思った。

だから、わたしはこの感情を幸せと名付けることにした。

わたしはこのちっぽけな冷凍庫の中で、幸せを見つけたのだ。

5

そうこうしているうちにお腹が減っていた。時間を確認してもらうと、とっくに日の落ちる時間になっている。空が見えないと時間感覚おかしくなるんだな。

夕食はレーションを食べてみた。軍用の携行食だとからしく、動くためのカロリーを突き詰めた、エネルギーの塊みたいなやつだ。味はご飯をめっちゃ噛んだ時の甘味が強くなったくらいの感じ。一個でチョコパイ二個分くらいのカロリーがあるらしいけど、それならチョコパイ二個食べたい。まずくはないけど日常的に食べるのは気が滅入りそう。

梗佳は残すかと思ったら、なんと一個分食べきっていた。

「単純な味で割と好き」

「ふーん、シンプルな味付けが好きなタイプ？」

「うん……あんまり濃厚だったり、薬味が効いてると疲れちゃうかも」

「へー……パスタならペペロンチーノとか」

参加できなかった調理実習の影響か、パッと出たのはパスタの例えだった。

「あ、そうかも。本当に、アーリオ・オーリオ・ペペロンチーノだけのやつ」

「やっぱり。ていうか、よく聞くけど、アーリオ・オーリオってなに？　ペペロンチーノの枕詞？」

「イタリアの短歌じゃないから……ニンニクとオリーブオイルのこと。ペペロンチーノは鷹の爪」

「あ、なるほどー！　って、材料並べただけかい」

「まあ、ヨーロッパの料理ってだいたいそうじゃない？」

「ふぅん……あれ、ニンニクって薬味じゃん。それはいいの？」

「そうなの？　別に嫌いじゃないけど」

「わかんないなー」

いくらでも、なんでもないことを喋っていられる。冷静に考えるとなんだか変な感じだった。

大多数のクラスメイトの中に梗佳がいたとしても、こんなに喋ることなんてありえなかっただろう。タイプも違えば頭の出来も違うから、趣味も会話も合わないだろうし、あっちもわたしのことなんか好きじゃないだろって思っちゃって、なんとなく意識の端にいる程度の関係性で終わっていたと思う。

……そんな世界線を考えることに、なんの意味があるかはわからないけど。

なんて徒然に考えながらスマホの画面を見ると、通知が来ていた。

「あ、お母さんからなんか来てる。ねえ、読んで」

「えっと……明日何時に帰るのかって」

「あー、そういや言ってなかったっけ。何時に帰ればいい？」

「べ、別に、何時でも……」

「ていうかさ、梗佳も――」

――一緒にここ出て、帰ろうよ。

そんな言葉が口から出かけて、慌てて飲みこんだ。

危ない危ない。ここにこもっている理由も知らないくせに、ズケズケと言うところだった。梗佳から打ち明けてくれるまで、事情には踏み込まないって決めたのに。

「……私も、なに？」

梗佳が不思議そうにわたしを見つめている。わたしはぶんぶんと首を振った。

「な、なんでもない。えっと、夜八時くらいって言っといて。ご飯もいらないって」

「わ、私が書くの」

「だってわたしがやると、書いたそばからわからなくなってくんだもん」

そのせいでスマホでのやり取りはいつも、結果のわからないギャンブルになっている。

「な、なるほど……えっと『夜八時くらいになりそう！《びっくり》』でいい？」

「ううん、『夜八時くらい』だけ」

「そ、素っ気なくない？」

「いつもそんなだし、急にフレンドリーになったらビビるでしょ」

梗佳は「そっか……」と呟きながら、代わりに送ってくれた。

ついでに、今までのトーク履歴を見てもらって、わたしの受け答えが正かったのかどうか、答え合わせをしてもらった。

「人のやり取り見るって、な、なんか……罪悪感っていうか」

「いいよいいよ、別に変なこととか言ってないし」

結果としては大方、違和感のないやり取りができているようで安心した。というか、すごいな、わたし。この精度なら言葉が全くわかっていないとは、夢にも思われないはず。

「あ、そうだ、もうひとつ、見てもらいたいのがあるんだけど」

「ま、まだあるの……？」

「あのね、友達に飛形って子がいるんだけど、その子の投稿見てほしくて……」

「とびかた」のタイムラインを開いて見せる。梗佳は神妙な顔をして画面を見つめた。

「これ……裏アカってやつ？」

「いや、むしろ表かな？　こっちのがフォロワー多いし」

「ふうん……？」

あんまりピンと来てない様子で目を走らせる。全然、ＳＮＳ慣れしてなさそうだった。

「どう？　なんて書いてる？」

まあ、所詮ＳＮＳでの投稿だし、そんなに時間はかからないと思って、すぐに訊いてみる。

だけど、梗佳は答えず、表情もなく飛形のタイムラインをじっと見つめていた。

え？　その反応に、わたしの心が少しざわめく。

「な……なに？　わたしの悪口？　炎上しそうだし、大っぴらに書くわけないと思うけど……」

「ううん。違う、悪口じゃないから、安心して」

「そうなの？　じゃあなんでそんな微妙な感じなの」

「――ごめん。私の口からは……言えない」

そう言って、スマホを戻してくる。ええー……思わぬ展開に、わたしはぽかんとしてしまった。

悪口じゃなくて、わたしに言えない内容ってどういうこと？

落ち込んじゃうくらいつまらない大喜利の回答とか？　それとも変なサイトの宣伝とか？　……

飛形に限ってそんなわけないか。

めちゃくちゃモヤモヤするけど、梗佳もどこか居住まいが悪そうにしていて、意地悪でそんなことをしているわけではなさそうだった。

「そ、そっかあ……じゃあ、ま、いいや。ありがと」

梗佳に差し戻されたら、もう受け入れるしかない。いじけているつもりはなかったけど、いじけたような口調になってしまった。

「ごめんね……」

心の底から申し訳なさそうに梗佳は謝る。わからない。あなたはいったい、なにを読んだの？　どうしてわたしに隠そうとするの？

飛形はわたしの知らないところでなにを書き込んでいるの？

言いようもない気持ち悪さが胸の中でぐるぐるする。飛形と梗佳が内緒話しているのを思わず見ちゃったような――。

冷凍庫の中には微妙な雰囲気がこもっていた。外でじとじとと嫌な雨が降っている時のような、鬱蒼とした気持ち。梗佳の窺うような視線がヒリヒリする。

こんなつもりじゃなかったのに。

世界でたったひとり、言葉がわかる人を相手に、どうしてこんな気分にならなくちゃいけないんだ。なんで、ずっとハッピーでいちゃいけないんだ。

そう思うと、猛烈にイライラしてきた。

この行き場のない怒りを動力源に、わたしは隅に置いたおっさんバッグに飛びつき中身を漁る。取り出したるは新種のボディシートに制汗剤、そのほか、ありとあらゆる清潔感を保つためのグッズたち。

それらをがっつり腕に抱え込んで、わたしは梗佳のもとに戻った。梗佳は目をまん丸くしてわたしを見る。

「な、なに……？」

「お風呂にしよ！」

「も、持ってるものと台詞が合ってなくない!?」

わたしの勢いにあてられてか、梗佳はいい感じにそれっぽく突っ込んでくれた。

「うるさあい！　はやく服を脱ぎなさい！」

「い、いや、別に自分でやるからいいって――」

「自分でやるって？　フン……これを見なさい」

わたしは一枚、シートを取り出して梗佳に見せつける。

「梗佳はこのちっちゃなシートで毎日お手入れしてたんだよね」

「う、うん……ありがたく……それがどうしたの？」

「このちっこいシートでどうやって自分の背中拭くの！　そんなに腕長くないでしょ！」

「あっ……」

「今の梗佳の背中は人類未踏エリア。このまま、背中も満足に拭けないまま、くっさカルデラ作っていいんか！」

「梗佳！」

「く、くっさカルデラ……っ！」

「汗疹《あせも》湿原ができていいんか！」

「あ、汗疹湿原……っ！」

「カビ砂漠になっていいんか！」

「カビッ……私の背中はお風呂じゃない！　っていうか、なんで地理攻め！」

「ノリいいね。まあ、ってことで、背中拭いてあげるからはやく脱ぎなさい」

「わ、わかったから脱がすのはやめて！」

流れに乗じてジャージを引っぺがそうとしたけど、逃げられてしまった。

それから、恥ずかしそうにわたしを見ながら、自分で服を脱いでいく。なんか脱がされるよりも、そっちの方が恥ずかしくない？　とは思ったけど言わなかった。

「へへ、じゃあ……いくよ」

前と同じように全身を拭いていく。

「も、もう黙ってやってよ……んっ」

前は言葉がわかる快楽と、徹底的に綺麗にすることへ意識が向いていたからなんも思わなかったけど、今日はじっくり肌の稜線《りょうせん》を感じる分、梗佳の身体を思い切り堪能できて、また別種の気持ちよさに包まれる。

「あ、ちょっと、待って、そこは自分でできるからっ！」

「あはははははは！　た、たすけて、あははははは！　ひひ、こ、こうなるから、やだったのに、あはははは！」

「……いや、腋くらいは言いなさいよ！」

「えっ……うう……い、言わせないでよぉ……」

「え、ごめん、そこってどこ？」


なんかわたしがめっちゃくすぐり倒していると思われそうだけど、本当にごく普通に拭いているだけだ。しかも、この大笑いは脇腹近くまで導線が通っているらしくて、腰あたりに差し掛かってもずーっと笑って、身体をよじっている。

こんなに敏感でこの子、大丈夫なんだろうか……と、ちょっと心配になってきた時。

梗佳が突然、わたしの肘を掴んだ。

びっくりして身を引こうとしたけど、どうしてかできなかった。そこが関節技的なポイントなのか、全身まるごと動かない。

「油断したね」

「え、な、なに……梗佳ちゃん……？　こ、これじゃあ拭けないんだけど……」

「裸の付き合いみたいな空気醸してるくせに、またあなただけ服着て、恥ずかしいのはわたしだけ！今日はあなたも泊まるっていうんだから、きちんと身体を綺麗にしてもらうからね！」

「え、ちょ、梗佳さん――わーっ！」

押し倒されて、脱がされた。肌着も持ってかれて、ヒヤッとした空気がお腹に触れる。

「いやだあ、恥ずかしい！」

「人には散々やってきたくせに、自分は恥ずかしいとか恥ずかしくないのっ！」

「だから恥ずかしいって言ってるじゃん！　ひうわっ！」

強引にスースーする布を擦られて、情けない声が出てしまった。人のならいくらでも聞いていいけど自分のは嫌だ。鼓膜を破りたい。でなきゃ死ぬ。発火して死ぬ。

「ほら、暴れないで。これも取っちゃうよ」

「やあああああーっ！」

ブラも取られて、わたしは両腕で自分の身体を抱いて丸まるしかできなくなる。

「うわ……よくそんな被害者面できるね」

「だ、だって、めっちゃ恥ずかしいんだもん……」

「ふうん。じゃあ、仕返しがいがあるかも」

梗佳は意地悪に言うと、わたしの身体を拭き始める。わたしは目をぎゅっと瞑った。

梗佳の掌が、わたしの肌に触れ、撫でていく。

そのどうしようもない熱さに、どこかへ逃げ出したくなってしまう。

——はっきり言って、自分がこんなになるなんて思わなかった。

これまで、友達と温泉とかでキャッキャする機会はあったし、ベタベタ触り合うなんてフツーのことだった。だから、そういうノリの延長線として、経験の浅そうな梗佳をいじめていたのに。

こんなに恥ずかしくて、切なくて、泣きそうで、でも、すごく嬉しくて、身体が火照って、気持ちがよくなったことはない。

こんな感情は梗佳が初めてだった。

「……はい、バンザイして」

「く、くう、うう……あっ、まって――！」

梗佳に腕をやり返されて、わたしは未知の感覚に震えた。

「えっ……」

梗佳もびっくりした風に手を止める。わたしは咄嗟に脇を締め、手で自分の口を塞ぐ。

ヤバい……なんか、マジっぽい声出しちゃった。

同時に、逃げよう！　と脊髄あたりから信号が走る。逃げて、冷凍庫の外に出て、後は自分でなんとかするんだ。

すっごい妥当な案に思えたけど、別方面からまた違う信号が速達でやってくる。

いやいやいや、そしたら梗佳がやりすぎたって反省して、また気まずい感じに戻っちゃうよ！

確かに！　全脳がその意見に賛同する。

わたしは熱暴走する羞恥に耐えて、ゆっくりと腕を上げた。

「ご、ごめん……なんでもない。い、いいよ、やれば」

「え……あ、う、うん」

心なしか、梗佳の目も泳いでいるような気がする。

もしかして……バレた？　い、いや、な、なにに？　なににだよ。う、ううん、もう、こ、心の中ですら、平静を保てない。死ぬ。いや、死にたくない。死にながら生きたい。

「んんっ……ひいん……」

ひやりとした梗佳の手が、わたしの過敏なところを通り過ぎて、ものすごい声が出そうになった。それをぐっと我慢すると、みるみる涙が溜まってくる。爆発しそうだった。でも、頑張った。

わたしは押し寄せる恥ずかしさに耐えて、梗佳の仕返しをしのぎ切った。

「あ、ありがと、梗佳……すっきりした……」

「そ、そう……なら、よかった……」

わたしの発熱で冷凍庫内の温度も上がっているのか、梗佳の顔も赤くなっているように見えた。

それとも……いや、もうなにも考えない。

なんか物狂おしくなりそうだったから。

6

それから、わたしたちはいそいそとスウェットを着て、着ていた服を消臭スプレーまみれにして、お互いの髪を洗った。

梗佳に髪を委ねている間、わたしにあるまじきほど喋ることが思いつかなくって、ただ、梗佳の指がわたしの髪を通っていく感覚に神経を研ぎ澄ますことしかできなかった。

梗佳も梗佳で口を開かない。冷凍庫の中は、ブラシがわたしの髪を梳く音しかしない。

この際、梗佳がわたしの胸からしれっと剥がしたブラが可愛かったかどうかだけでも、言ってほしかった。言われたら言われたで、耳が水平にすっ飛んでいきそうだけど……。

そういう感じで静かだったけど、さっきと違って居心地の悪い沈黙じゃなかった。

心臓がドキドキ言って、血が駆け巡って、生きている、生き延びているんだ、という感じがする。

「はい、おしまい」

とん、と頭に軽く触れられ、びくりと背筋が伸びた。

振り返ると、梗佳とばっちり目が合う。

「どうしたの?」

「あ、いや……ありがと」

わたしはペットボトルのお茶を飲んだ。カラカラだった口の中にカテキンが染み込んでいく。

それから、散らしたごみを片付けて人心地ついた。なんか、今日だけで大冒険をしたような気分だった。

「今何時?」

「えっと……二十三時すぎくらい。もう寝る？」

「梗佳は？」

「私は……寝ようかな」

「じゃあ、わたしも」

わたしはおっさんバッグから寝袋を引っ張り出した。いつかキャンプに行った時に買って、そのままほったらかしにしていたやつだ。入ったら暑そうだから、敷布団代わりにする。それといつも家で使っている空色の毛布も持ってきた。これがないと眠れない。

「あ、ちゃんと持ってきてるんだ」

それを見て、梗佳が言った。わたしは何気なく「うん」と返したけど、ちょっと引っかかるところがあって梗佳の方を見ると、案の定というか、なんにも敷かれてなかった。

「え、床？　嘘でしょ？」

「だ、だって、食料と水と電源で荷物パンパンだったし。横になれればそれでいいやって」

「そ、そんな大雑把な。冷凍庫の床に直《じか》とか、朝になったら凍ってそうで嫌だなー、とか思わなかったの」

「……家を飛び出した時は、どこに行くかとか、決めてなかったし」

「え？　……あ、そうなんだ」

確かにわたしも前に家出したけどそうだったわあ、なんて軽口はとても言えなかった。

この超計画的・長期的な家出について、梗佳の方から口にしたのは、これが初めてだったから。それはわたしがずっと知りたかったこと、だったけど、ずっと追いかけていた幻の動物が突然目の前に現れたような、どうすればいいのかわからない、プチパニックみたいな状態になる。

そのまま二の句が出ずに、口の水分が出て行くがままにしていると、梗佳はＬＥＤライトにふわりと手を伸ばした。

「じゃあ、消すね……」

「ちょちょ、ちょっと待った！　こんなわたしだけ寝具使うとか、寝にくいよっ！　ほら、こっちおいで、一緒に寝よ」

わたしは寝袋を最大限ぺったんこにして面積を広げると、ダブルベッドみたいに横置きにして、毛布をめいっぱい広げた。この置き方じゃ、頭から肩甲骨くらいまでしかクッション範囲に入らないけど、床に直より数段マシだと思う。

「あ、ありがとう……」

「いいって。なんならこの寝袋、置いてくから使って。家にあっても埃かぶるだけだし」

「うん……」

眠いのか、梗佳は素直だった。わたしが毛布に入ると、梗佳は隣にそろりと横になる。それから、あろうことかすんすんと鼻を鳴らした。

「……あなたの匂いがする」

「ちょ、恥ずかしっ……やめてよ」

「ふふ。電気消すね」

もう、なんかさっきから梗佳にやられっぱなしな気がする。

悔し紛れにバモッと毛布をかぶると、少ししてからフっと明かりが消えた。

それは本当に本当の、真っ暗だった。

「――っ」

地下にある冷凍庫の中、少しの光もない完全な闇に、突然、どこか知らないところへ放り出されたような錯覚に陥る。

「ごめん、常夜灯モードとかなくて」

梗佳の声がすぐ横で聞こえて、わたしはほっとした。

「く、暗すぎてびびった……いつもこんな真っ暗の中で寝てるの？」

「うん。電気つけっぱなしの方がなんか怖いから……」

「そ、そっか。まあ、それもわかる」

梗佳はこんな真っ暗でも平気なタイプらしい。にしても、これは暗すぎる。視界が黒絵具ベタ塗りしたみたいで、目を閉じても開いても変わらない。

わたしは身体を揺らして、スリスリと梗佳の方に寄った。

トン、と肩が肩に触れる。その熱を感じて、ずいぶん気持ちが落ち着いた。

「怖い？」

「ううん、平気」

「そう……私はね、怖い。ずっと、怖い。怖くて、怖くて、仕方がないの」

「……梗佳？」

突然の感情の吐露に、わたしは戸惑った。

その言葉の絡まりに、隣にいるのが本当に梗佳なのか、一瞬、見失ってしまう。

「ごめん、こんな……こんなこと、あなたにしか、言えなくて……話せなくって……」

震える声が返ってきて、わたしはハッとする。

そうだよ――こんな暗闇、大丈夫なわけがあるか。

わたしは梗佳の側へ横寝の姿勢になると、両手でその手を取って優しく語り掛ける。

「そうだよね、こんな暗いと、怖いよね……」

「暗いの、だけじゃない――」

梗佳の手が、わたしの手を握り返してくる。ほっそりとして滑らかな指が、わたしの指を求めるように擦れた。

「他に、なにが怖いの？」

「……生きるのが」

「……うん。それは怖いね」

なんて正しいんだろうか、と思った。

実際問題、こんな状態になってなお、わたしは全然、怖くない。なんなら、死んだ後に脳科学の発展に役立ててくれ、なんてふかしていたくらいだ。

もちろんネガティブな感情がないわけじゃない——どうしようもない不便さ、面倒さと動揺、苛立ち、友達とか家族とか、今まで積み上げてきたものが壊れちゃうことへの不安はあるけど、それは恐怖とは根本的に違う感じがする。

そんなわたしが、彼女の恐怖に同情するなんて不誠実かも知れない。

でも、寄り添ってあげたかった。梗佳は唯一、わたしがわかって、わたしをわかってくれる人だから。この気持ちは本物だって信じたかった。

わたしのそんな想いが通じたのか、梗佳は思い切ったように喋り始める。

「私、ずっと怖かった。なにかの拍子でバランスが崩れた途端、なにもかもがなくなってしまう、そんな予感を抱いて過ごしてた」

「うん——」

「でも……あの日、ちょっと耐えられないくらい、怖くなった。怖いことに怖くなって、怖いことに怖いことに怖くなった。怖くて怖くて、怖さが怖さにぶつかって、バチバチと弾けて、分裂して、さらにあちこちある見えない怖さにぶつかって、もっと怖くなった。そのうち、核分裂みたいに、それが莫大なエネルギーになって、わたしの中で箍《たが》が外れた。それが……だいたい、三週間前」

「三週間……」

そういえばわたしが、なにを言っているのかわからない、とぼんやり覚え始めたのも、その頃だった気がする。偶然、ではないと思いたかった。わたしはどうしても、彼女と自分の運命を重ね合わせておきたかった。

「……ごめん、ちょっと抽象的過ぎて、わからないよね」

梗佳が沈んだ声で言う。

わたしは大げさに首を振った。そんなことない、って暗闇の中、見えなくても伝えたくて。

「大丈夫、ちゃんと飲み込めた。絶対にわかるから、梗佳の話しやすい風に話していいよ」

「ありがとう。でも……この先、私が言うことは、信じられないなら信じなくていい。現実離れした話だから……」

「なに言ってるの。わたしが言葉わからないところからして、もう現実離れしてるんだから」

なんでも信じるよ。わたしが呆れつつそう告げると、ふ、と手元に空気の流れを感じた。

きっと、梗佳の肩の力が抜けて漏れた息が重ねた手にかかったんだ。

「じゃあ、話すね……私の、家系《かけい》の……『試し』の話」

そうして、梗佳は語り始める――。

◇

これから災害とかの話するけど、苦しかったら私自身の話まで聞き流していいから……。

――私のおじいちゃんとおばあちゃん、母方も父方も戦争中に空襲に遭ったの。

父方のおじいちゃんは庭の防空壕にいたら、家が焼け落ちて穴がふさがったんだって。そのまま閉じ込められて、見つかるまで一週間そこで過ごしたって。奇跡的に救出されて外に出たら、一面、焼け野原だった……。

私の父は大きな地震に遭って、その時いた家が倒壊した。部屋のドアと箪笥《たんす》の間に挟まれて、動けなくなって、そのまま助けが来るまでの四日間、ラムネだけで飢えを凌いだって。

救出された時、街が瓦礫の山になっていて……今でも、脚にその時の後遺症がある。

母は仕事でヨーロッパに滞在中、テロに遭遇して、三日間、粗末な小屋に閉じ込められた。銃口に睨みつけられながら、水も食料もなしに、いつ殺されるのかもわからないまま耐えていたら、そのうち激しい銃撃戦があって、救出された。

ただ、その時の心の傷が今も癒えなくて、銃が出てくるドラマも映画も観られないって。

――私自身もそう……そうなんだ。

中学校に上がる時、両親からその話をされた。

お前は……われわれは、そういう血筋に生まれた――生まれてしまった。

だから、私もいつかそういう『試し』に遭う。

なにかの拍子に閉じ込められて、極限まで命を削ぎ落されるような目に遭う。

いつか、必ず。

でも、『試し』は悪いことだけじゃない。

耐え抜いた時、私達は生きるため、繁栄のために必要ななにかを得る。

昆虫が蛹《さなぎ》を経て、空を飛ぶ羽を手にするように——そのおかげで、おじいちゃんは戦後の復興で財を成した。それを継いだ父は、被災地にボランティアで訪れていたインフルエンサーとコネクションを得て事業を大きくできたし、母は自分の経験をもとに文章をものして、海外で有名な文学賞を取った。

それはうちだけじゃなくて、親戚の家もそういう経緯を経て、栄えているって話だった。

古めかしい言い方をすれば……『試される』一族なの。

実際、その裕福さは肌で感じていたから、その話を聞いた私は覚悟を固めたつもりだった。その『試し』を生き延びて、相応しい立派な人間になるって。

それから、どんなシチュエーションでなにが起こっても大丈夫なように知識を蓄えたり、いざという時の物資の備えも完璧にして、その時を待った。

でも、ある日、滅多に鳴らない家の電話が鳴って——。

私の従姉が『試し』に失敗したって、連絡があった。

東大にあっさり合格するような、すごい、有望な人だった。頭がびっくりするくらいよくて、化学系の知識が豊富で、日用品の素材がなにでできているとか、どういう仕組みなのだとか、どうやって作られているとか、さらっと言えるくらいで、私の憧れだった。思えば、あれは全部『試し』に対する備えだったんだね。

そんな人が失敗した。

失敗ってなに？　って思うよね。死んじゃったってこと？　行方不明のままってこと？　定義が、わからなくて――だけど、誰も教えてくれなかった。ただ、残念だった、とだけ。

それから、親類の私に対する視線が変わった。

あくまで雰囲気だけど、なんだか、私に対する扱いが丁寧になったような気がしたの。ほどなくして、それは期待の重圧だって気がついた。従姉のあの人の代わりに私こそ、って。

大人たちの本音を確かめるために、私は従姉のあの人に教わったやり方で簡単な盗聴器を作って、うちに集まっていた親類の会話を盗み聞きした。

やり取りの細かいところは覚えてない、けど、あの人たちはこう言っていた。

梗佳にはとびきり重い『試し』に遭って、耐えて、抜きんでた逸材になって欲しい――。

大人たちは私が苦しむことを望んでいた。従姉が失敗して「残念だった」っていうのは、あの人自身のことじゃなくて、この集団にとっての「残念」だった。

その時、私は自分の勘違いに気づいた。運命に対して覚悟を決めた私も、実際は「そっち側」だった。『試し』の外側にいたの。

だけど、あの会話を聞いて、私は「こっち側」にいるんだって突きつけられた。

その瞬間、私の中に恐怖の塊が飛び込んできた。

どす黒く淀んで、ざらざらして、重たいもの。

今までの私は、そんな恐ろしいことが自分の身にのしかかっているなんて、全然気にしてなかった。

水の中か、泥の中か、トランクの中か、いつか自由を絶対的に奪われて、恐怖の焼きごてで命を潰されるような時が来るのに。そんな宿命を、まだ自分の番じゃないような顔をして過ごしてきた。

だけど、その苦痛はずっと私の傍にいて、いつでも私を串刺しにする準備ができている。

ふいにそんな想像が脳裏に湧いて、すごい怖くなった。

怖くて怖くて、怖くなった。

怖くて一歩も動けなくなって、存在する以外なにもできなくなった。

こんなに世界は広いのに、ものすごく狭い場所に閉じ込められたみたいな絶望感だった。

呼吸が苦しくなって、私は外に出た。

だけど、なにも変わらなかった。空も道も町も、私を押し潰すために用意された仕掛けみたいに思えた。映画のセットみたいに私を閉じ込める。世界が、私を無限に監禁しようとしている。

その時、私の中で……何かが壊れた。

さっきも言ったみたいに、怖さが弾けて、分裂して、分裂した怖さがまた別の怖さに当たって、分裂して、恐怖が無限に増えていく感じ……。

とてつもない圧力に、私という器が耐えきれなくなって——爆発したんだと思う。

その時の記憶はおぼろげで、気づいたら私は防災グッズ全部と、貯め込んでいた食料とか水を持って、この時のために準備しておいた時間潰し用の教材とか本とか動画も携えて、誰にも気づかれないように家を出た。

もちろん、行く当てなんかなかった。

私は『試し』から逃げた。そんなやつを匿う親類はいない。事情を知っている人も、私を助けてくれるような人もいない。たくさんの建物や家があるのに、警察とか相談所とか、人を助けるための施設もあるのに、私の居場所はどこにもない。

私は絶望的に孤独だった。

それで……気がついたら学校にいた。

どうやって来たのか覚えてないけどすごく疲れて、休みたくて、鍵のかかってない通用門があったから入った。

それで一番近くにあった建物がこの、調理棟。

ほとんど入ったこともなかったのに、魔法みたいに、妖精が教えてくれたみたいに、調理棟に秘密の地下の空間があるって知識が私の中にあった。

それが本当かどうか確かめるような気持ちで、あなたも知っているあのシンク下のルートを辿って、この冷凍庫を見つけた。

中に入った途端、今まで私を苦しめて縛り付けてきたものが、パッてどこかへ散った気がして、気持ちが楽になったんだ。世界で一番安全な場所に来ることができたって、心の底から実感できた。

やっと、私は息がまともにできるようになった。

それからずっと、ここにいる。

……ごめん、長々と喋って。

◆

「……ううん。ありがと。話してくれて」

わたしは、梗佳の肩に額を押し付けて、震えていた。

梗佳の言葉はとてもよくわかった。わかる。同じ内容を繰り返し喋ることもできる。

でも……わかるだけだった。わかって、それ以上のことができなかった。

わたしの言葉では、いや、わたし程度のなにかでは、わかるまでで終わりだった。もうこれ以上、なすすべのない失望感が、わたしの頭の中をどっぷりと覆いつくしていた。

そんな地獄から発信された梗佳の言葉を、わたしは今まで、おいしいおいしいと頬張ってきたんだ。気持ちがいいって、消費してきたんだ。

そんなわたし自身の無理解が――すごく痛くて、辛《つら》かった。

「ごめん、わたし、なんにも知らないで……」

わたしは梗佳の腕にしがみつく。とても細い腕。それが瓦礫の隙間から、助けを求めるように手を差し伸べている。そんなイメージにわたしは打ちひしがれ、もっと強く引き寄せる。

そうしていないと、わたしの方がどうかしてしまいそうだった。自分のためだった。いやいやをする子どもみたいに、ぎゅっとしていた。

「……信じてくれるんだ。ただの、作り話かも知れないのに……」

梗佳は横向きになって、もう片方の手でわたしの頭を撫でた。優しい、柔らかい手つき。

わたしはおでこをさらに強く押し付ける。

「信じるとか、信じないとかじゃない。わたしには梗佳の言葉しかないから……ねえ、わたし、梗佳の怖さを少しでも吸い出せた、かな」

「うん。聞いてくれて……すごく、落ち着いた。――私を見つけてくれたのが、あなたでよかった」

梗佳の手がふわふわとわたしを慰める。

その安らぎに溺れながら、わたしは、強く強く梗佳のことを抱きすくめ続けた。


その夜を境に、わたしがわかりあえる人は彼女だけになってしまった。

それはとても不幸であると同時に、とても幸福なことでもあった。

7

翌朝、遅く目覚めたわたしたちは、保存食の朝ご飯をゆっくり食べると、パジャマ代わりのスウェットから制服に着替えた。

「別にこのままでよくない……？」

そうごねる梗佳にわたしはノーを突きつける。

「いやいや、太陽出てる時間はパシッと着替えないと、生活リズム壊れちゃうよ」

本当はわたしが梗佳の制服を見たいがためだったけど、その一言で納得したのか、梗佳は壁に掛けっぱだった制服をおろして袖を通してくれた。

予想通り、清楚美少女な梗佳によく似合っていて、わたしは体温がピュッと上がった。

「めっちゃお淑やかに見える！　わたしと同じ服なのに！　ズルだ、ズル！」

「そ、そんなこと言われても……」

梗佳は呆れた顔をしつつ、まんざらでもなさそうだった。

それから動画を観たり、話をしたりして過ごした。たったそれだけのことで、時間はあっという間に過ぎる。まるで、わたしたちが一緒にいすぎることが、誰かにとって不都合でもあるかのように。

『言葉を情報を伝える手段と捉えれば、人間のように言葉を扱う動物たちもいます』

わたしたちは肩を寄せ合って、社会性を持つ動物たちのドキュメンタリー動画を観た。

ミツバチはダンスをして、蜜がたくさん採れる場所を仲間に伝える。虫は苦手だけど、頑張って教えようとしているみたいで、かわいく思える。

ライオンやオオカミは、猛き遠吠えで自分の存在を知らせる。おれはここにいる、と。そうすることで、味方に居場所を伝え、敵に縄張りを誇示する。

クジラやイルカは、超音波を使ったエコロケーションで意思伝達をする。単独で生きているように見える種でも、数キロ離れた仲間と周波数のながぁい、ひっくい音でやり取りしている。孤独に生きているわけじゃない。

あと、知らなかったけど、ゾウも同じように低い鳴き声で遠くの仲間とやり取りをする。人間が聞き取れないほど低い声は地中を伝って、遥かサバンナ中に行き渡るんだとか。条件がよければ、十キロ先まで届くらしい。

「なに話すんだろ。元気してる？　とか？」

「そこまで細かくは伝わらないんじゃない。ただ、存在を知らせ合うだけ」

「ふぅん……思えば、梗佳も似たようなことしてたね。漢検のテキスト読み上げてさ。わたしがそれに気づいた」

「そうね。今思えば、変な話だけど……」

「っていうか、漢検の勉強捗ってる？」

「全然」

梗佳は小さく笑いながら、肩をすくめる。わたしも、はは、と笑う。

――死んだ仲間の肉を食らう動物もいる中で、ゾウは仲間の死を悼む。若いゾウたちは斃《たお》れた老いたゾウを囲んで悲しそうな目をしている。愛おしそうに長い鼻で動かない軀《からだ》を撫でる。肉を狙って現れた肉食獣を協力して追っ払う。

わたしと梗佳は言葉もなく、その光景を見ている。

心臓の音、まばたきの音、呼吸の音。

そのひとつひとつの微かなやり取りで、わたしたちは気持ちを伝え合っている。


そうしているうちに、あっという間に時間がやってくる。

わたしたちは、冷凍庫の中と外からお別れの挨拶を交わした。

「それじゃ、ばいばい、梗佳」

「うん。さよなら……」

「あ、明日も来るから！」

さよなら、という響きが寂しすぎて、わたしは咄嗟に言った。

「なんなら明後日も、その次も！」

「えっ、連休は予定があるんじゃないの」

「あった、けど今、全部上書きした。どうせ言葉がわかんないんじゃ、つまんないし。それならずっと梗佳といた方が楽しいもん」

それは昨日の夜、梗佳の話を聞いてから、ずっと考えていたことだった。

わたしがそう告げると、梗佳は泣き出しそうな顔をした。

「あなたは、それでいいの」

「いい。わたしがそうしたいから！」

「……じゃあ、待ってるね。また、明日」

にこり、と微笑まれて、わたしは文字通り跳んで喜びそうになった。

「うん！　またね、梗佳！」

わたしは勢いをつけて、シンクの下を通り抜ける。準備室は昨日、わたしが入った時と全く変わらない。

調理棟から出ると、暗くなった夜の空がわたしを見下ろしてきた。

こんなに広いのに、とても狭く感じる。冷凍庫の中、梗佳といた時は、無限の世界が広がっていると思っていたのに。

言葉のわからない外の世界は、わたしにとって窮屈だった。

家に帰り、お母さんの台詞にそれっぽい返事をして、部屋に戻ってベッドに横たわる。なにかもの足りないと思ったら、毛布がない。バッグに入れっぱだ。

梗佳のために置いて来ようと思ったけど、寝袋だけもらえれば十分だから、と毛布は突き返されてしまった。もしかして、わたしがこの毛布がないと眠れないって知られてしまったんだろうか。

……そうだったらいいな、と思ってしまう。

わたしは毛布をバッグから引っ張り出して、くるまる。

「あ……この匂い……梗佳の……」

途端に耳が熱くなった。わたしは顔を埋めて、すぅ、とその香りを思い切り吸う。

バクバクと暴れていた心臓が、やがて、トクトクと静かに落ち着いていく。

ああ、もうダメだ。

わたし、あなたがいないと生きていけないよ、梗佳。

それから、わたしは毎日、梗佳のもとへ通った。

本当は二十四時間、一緒にいたいところだったけど、泊まりすぎると家族に不審に思われそうだから、できなかった。

いっそ黙って家出しちゃおうとも思ったけど、最近はお母さんの機嫌は悪くないし、妹のことは好きだし、仕事漬けのお父さんに余計な心配かけたくないしで、梗佳ほどの衝動はわたしにはない。

そういう意味で、わたしは恵まれた環境にいるんだって実感した。わたしは甘えっぱなしだ。

「やっほー、梗佳」

わたしが顔を覗かせると、梗佳はぱっと背筋を伸ばして迎えてくれる。

「あっ、来た。えっと……いらっしゃい」

その声とはにかむ表情に触れて、わたしは血が通ったような気持ちになる。

梗佳がいれば冷凍庫の狭さも気にならなかった。わたしたちは、持ち込んだ保存食を品評したり、一緒に面白いものを見て笑ったり、一緒に映画を観て泣いたり——お互いに身体を綺麗にし合ったりする。ひとりで全身くまなくお手入れするのは難しいからね。決して下心じゃない。

……んだけど困ったことに、わたしが仕掛けると梗佳は反撃してくるようになった。

どういう技なのか知らないけど、ぱっと手を取られたと思うと、あれよあれよと背後を取られて、ぷちぷちボタンを外されていく。

「きゃーっ！　ヘンタイ！」

「あなたが先に仕掛けてきたんだからね」

とか言いつつ、ちょっと楽しそうにしてるのがにくい。もうとにもかくにも死ぬほど恥ずかしいんだけど、梗佳が積極的になってくれることが嬉しくて、甘んじてしまうわたしがいた。

もちろんやられっぱなしじゃない。

「よ……よくもやったな！」

「きゃ、そこだめ、あははははっ！　あははは、は、ひっ、ひゃあっ！」

わたしは隙を見てインファイトくすぐりを繰り出し主導権を奪い、やられた分をやり返す。それはそれで趣があった。どんな趣かは言わないけど。

そんなこんなで終わる頃にはふたりしてくたくたになって、お互い髪の手入れをしてあげながら、そのうち肩を寄せ合ってぽーっとする。

そうしているうちに、お別れの時間が来てしまう。

「……またね」

「うん……また」

それが、わたしたちの日常だった。

わたしは幸せだった。


そんな日々を繰り返し、やがてゴールデンウィークは終わりを迎えた。

8

ここ何日もガラガラの学校を見てきたせいで、連休明けの生徒に溢れた校内はなんだか異様に感じた。こんなに人数がいるのに、わたしが話せる相手は誰もいないんだ。そんな理不尽を改めて思い出し、萎えてしまう。

でも、よく考えると学校自体はなにも変わってない。変わってしまったのは、わたしだ。

飛形と接するのは緊張した。「気になる人がいる」なんてぶっちゃけちゃった、あの日の帰り道での会話とか、投稿を見た梗佳の微妙な反応とか、不安な要素がいくつもあったから。

そんな心配と裏腹に、飛形の態度は前と全く変わらなかった。でも、内心はどう思っているかわからない。前まではそんなの、考えたこともなかったのに。

日中、わたしはひどい窮屈さを感じながら過ごした。こんなに、わからないことって多かったっけ。ここまで世界って言葉だらけだったっけ、と圧倒されてしまった。

耐えかねたわたしは、午前中の授業終了のチャイムが鳴ると同時に調理棟へ向かった。この建物は平日でも相変わらず閑古鳥が鳴いている。準備室の扉をガチャガチャして侵入すると、シンクの下に身を差し入れる。この出入りもすっかり慣れたもんだ。

「梗佳……来ちゃった」

冷凍庫に顔をのぞかせると、梗佳は目を丸くして立ち上がった。

「え、び、びっくりした――あ、そっか、昼休みか」

当然のように頭の中に入ってくる言葉に、わたしはホッとする。

「そーそー、わからん地獄からやっと解放された。ねえ、一緒にお昼食べよ」

「う、うん……」

わたしは腹ペコだったので、持ってきたお弁当をもりもり食べる。

一方で、梗佳は前にわたしが持ってきたレーションをぽそぽそ食べるだけ。

……ああ、そうだった。こうなるんなら、パンかなにか買ってきてあげればよかった。

思えば、別に保存食縛りってわけじゃないし、休み中もわたしが毎日、ちゃんとしたご飯を持ってきてあげればよかったのでは。

もう、いまさらすぎる！　わたしって本当になんでこう、肝心なことに後から気がつくんだ。

「梗佳……タコさんウィンナー食べる？」

わたしがいたたまれなくなってお弁当を差し出すと、梗佳はゆるく首を振った。

「大丈夫。引きこもってるからお腹全然減らないの」

「で、でも」

「無理に食べて、吐くほうがもったいないでしょ。あなたが食べて」

吐くって……そんな状態なの？

「う、うん……」

わたしは曖昧にうなずいて、弁当を引っ込める。

梗佳と過ごすのは嬉しいし、楽しい。でも、正直、栄養状態はかなり心配だった。

ここへ入った日に感じた恐怖で胃腸が弱ってしまったのか、全然食べてくれない。前はパクッと一個食べていたレーションでさえ、一日かけて食べるような状態だった。

その影響だと思うけど、一緒にいる時でも梗佳はぼんやりしている時間が増えた。まるで授業中のわたしみたい……なんて表現してみたものの、わたしなんかとは比べものにならないくらい、梗佳の方は切実だ。

どうしよう。このまま弱っていく姿は見たくない。

でも、食べられないものを無理に食べさせるのも、間違っている気がする。わたしは途方に暮れながら弁当を片付けた。

昼休みも終わりが近づき、梗佳とバイバイして教室に戻ると、いつもお昼を食べる友達に話しかけられた。昼休み、また用事だったの？　ってところかな。

「あ、そうだった！　黙っていっちゃってゴメンね！」

そう言ったら納得してくれたみたいだった。ふう、と息を吐いて自分の席に着く。

ふと、視線を感じて振り向くと、飛形と目が合った。じっとわたしの顔を見つめると、何事もなかったかのように前に向き直る。な、なんだろう。前、咄嗟に言った「気になってる人」に会ってきたって見抜かれた……？　心がざわめく。

チャイムが鳴って午後の授業が始まる。

わたしは気怠さを感じながら、どうしてこのクラスに、梗佳がいないんだと恨めしく思った。そうすれば、ずっと毎日が楽しくなるのに。

ん？

その時、はたと気がついた。

梗佳が未だに、あの冷凍庫にいる理由ってなに？

爆発した恐怖と『試し』から逃げるため、っていう話だったけど——なんか、おかしくない？　いつか閉じ込められる運命が怖いからって、自分からあんな地下の暗い冷凍庫の中に入って、引きこもって気持ちが落ち着くなんて。

まるで、梗佳が梗佳自身を閉じ込めている、みたいじゃん……。

そう思考が巡った途端、思わずクイッと背筋が伸びた。

実は冷凍庫に入ることそのものが『試し』なんじゃないの？

梗佳は一か月近く、梗佳自身の手で、あの冷凍庫の中に閉じ込められている！

すごいすごい、なんかすごいそれっぽいことに気づいてしまった。事件の真相に気づいた名探偵も脳内こんなんなってんの？　それで「謎は解けた……」とかドヤ顔してんの？　メンタルすごいな、わたしもういっぱいいっぱいなんだけど！

ええと、仮にそうだとしたら、ど、どうなる？

考えるんだ、わたし、こういう時のために脳みそがあるんでしょ。

わたしは午後の授業をずっと、必死に考えることに費やした。考えすぎて、なにについて考えているのかわからなくなった。こうやって考えなしに考えるから、考え事がうまくいかないのかも知れない。

——ああ、もうわからん！

わたしは考えることに疲れて机に突っ伏した。考えすぎで熱くなった頭がひんやりと冷えて気持ちいい。

そのまま目を閉じると——瞼の裏の暗がりにやせ細った梗佳の姿が、ぱっと浮かんだ。

「あっ」

そのイメージに触れた途端、わたしにはこの問題の答えがわかった。

仮にこれが梗佳の『試し』なら——きっと梗佳は自分の意志で、冷凍庫から出なくちゃいけないいんじゃないの？


放課後、わたしはすぐに調理棟に向かった。いつもの手続きで冷凍庫へと向かう。

「梗佳！」

相変わらず重たい扉をぐっと開いて、身を滑り込ませながら彼女の名前を呼ぶ。

いつもなら、梗佳がわたしの方を見上げて、ぱっと顔色を明るくするはず……だけど、返事はなかった。

「あれ、梗佳？　うそ——」

全身の血が一斉に止まった。蓄電器の向こう側、敷かれた寝袋の上に梗佳がくったりと倒れ込んでいたのだ。

わたしは死んじゃいそうな思いでその傍らにすっ飛んでいった。

「梗佳！」

ぐ、と肩を掴んで、わたしは叫ぶ。

すると、梗佳は「きゃっ！」と小さく叫んであっさり目覚めた。

「ど、どうしたの、そんなに怖い顔して……」

「あ、あれ、梗佳生きてる……い、生きてるう……！」

「そんな大げさな。少し寝落ちてただけだって……ちょ、ちょっと」

わたしは安堵が極まりすぎてその肩にすがりつく。骨と皮の強張った身体。そこに温もりがあるか、頬で感じないと気が済まなかった。

「梗佳、食べなさ過ぎてついに倒れちゃったのかと思ったんだよ」

「そうなの？　心配しすぎじゃない……？」

「しすぎじゃない。わたしと会った時より痩せてるもん。それ以上細くなったら一次元になっちゃうよ」

「あはは、厚みがなくなることはないって……」

あくまで見栄を張る梗佳に、わたしは、言わなくちゃ、と思った。

そうしないと、いくらわたしが食べ物を持ってこようと、いつかきっと、梗佳はここでなにも食べられなくなって、飢えて――「失敗」してしまう。

「梗佳、あの、さ……」

わたしは梗佳から身を離し、姿勢を正して切り出した。緊張して、口の中が一気に乾燥する。

梗佳はそんなわたしの様子に、真剣な面差しになった。

「な、なに……？」

「……梗佳はいつまでここにいるつもりなの」

声が震えないようにするので精一杯だったと思う。

わたしの問いに、梗佳はハッと息を呑んだ。それから、露骨に視線を逸らして、近くに落ちていたテキストを引き寄せて言う。

「か、漢検一級が確実に合格できるくらいまで詰められたら、とか……」

「そのテキストだけで合格できるの？」

「……無理。三千字以上の範囲から出て、このテキスト千字くらいしか対応してないから」

わたしの胸がきゅっと締まった。

「梗佳……」

「あなたは……私に、ここから出て欲しいって思ってるんだね」

諦めたように視線を落として、梗佳は訊き返してくる。

わたしは梗佳を想っている気持ちが最大限伝わるように、ゆっくりとうなずいてみせる。

「思ってる。だって……こんなの、絶対よくないよ」

「——やだ」

しかし、梗佳はにべもなく拒絶する。

「な、なんで」

「怖いから。外が……」

繊細なお姫様みたいなことを言う。

ここにこもる経緯が経緯だから、その気持ちは納得できるけど……それはもう、一か月近く前の話だ。今の梗佳は嵐のような恐怖に苛まれているわけじゃない。

わたしはどうにかして梗佳に、先へ進んで欲しいと思った。

「大丈夫、なんてことないって！　わたしだって、言葉わかんなくなったけど、別にどうとでもなってるしさ」

「でも最近は、私と一緒に閉じこもってたじゃん」

「それは、意味わからんワールドにいるより、言葉が通じる梗佳と過ごしてる方がいいってだけで、別に引きこもりが目的で来てるわけじゃない。怖さとはまた別の話でしょ」

「う……私が外に出たら、あなたはまたひとりになっちゃうよ」

「いや、普通に会いに行くから。わたしは別に外でも平気だし、外で梗佳と会えるなら、そっちの方が会いやすくて楽だよ。あんな狭いところ通ってこなくていいし」

「くっ……実は私、太ってあのシンクの下、通れなくなっちゃって」

「それは無理があるだろ」

梗佳はびっくりするほど言い合いに弱かった。

それは、心の底では、わたしの言うことが正しいって思っているからかも知れない。

そもそも梗佳はわたしなんかよりずっと聡いから、この程度のこと、わたしが言うまでもなくとっくに気がついているはずだった。

「……もうやめよ。ごめんね、こんな意気地なしで」

梗佳は小さく低い声で告げると、ぷいとわたしに背中を向けてしまった。

「きょ、梗佳……」

その後姿があまりにも寂しすぎて、わたしは静かに身体を寄せた。髪の合間から、梗佳の匂いがする。首筋に顔を近づけ、鼻で息を吸うとくらっときた。

――わたしはこの匂いに弱い。弱くなってしまった。嗅ぐと切なくなる。

ずっと前、何かの雑誌で、相性のいい相手は好ましい匂いがする、っていうのを読んだ覚えがある。唯一、言葉がわかる人だから、だけじゃない。それ以前のところから相性が抜群によかったから、わたしたちはこんな短い間で近しくなれたんだと思う。

だからこそ、わたしは梗佳に背を向けられるのが辛《つら》かった。

「梗佳……ごめん……もう、こんなこと、二度と言わないから」

謝ると、自分でも驚くくらい弱々しい声が出た。

梗佳もハッとしたように振りむく。それから、なにかを言おうとして口を開きかけ、結局、なにも言わないまま、またわたしから顔を背けてしまう。

「やだ……わたしのこと、嫌いにならないで……」

「……嫌えない。だって」

梗佳はぽつりと言った。

「いまさら私たち、離れたりなんかできないよ」

「梗佳――」

わたしはきゅっと、梗佳の身体を後ろから抱きしめた。

その背中は、小さくて、熱い。

わたしは彼女のフラジャイルな輪郭と、花の奥から香るような匂いに没頭する。

そうしている間は、この冷凍庫にずっといることになってもいいや、なんて胡乱《うろん》な考えに溺れていられた。

9

それから、わたしは梗佳の背中にくっついたまま過ごした。匂いを吸って、指で髪を梳いて、呼吸に合わせて揺れる。梗佳はたまにもそりと動くだけで、じっとしている。なにを考えているんだろう。耳を澄ましてもわからない。

今日はお互い、静かにしている時間が長いからか、地上の音が微かに漏れてくるのが聞こえた。

「……もう、時間遅いかも」

外の気配からそう感じて囁くと、梗佳はわたしのバッグからスマホを取って時刻を見る。

「十八時」

「……これ以上遅くなると、帰る時に見つかっちゃいそうだから、行くね」

「うん」

立ち上がったわたしを見上げて、梗佳は短くうなずく。

その上目遣いを見て、明日もここにいて欲しい、という欲求がむわっと立ち上がる。ずっと、ここで梗佳のことを独占していたい……さっきまでは外に出てほしいって懇願していたのに、お別れになるとこれだ。わたしの心ってどうかしている。

わたしは誘惑を振り切るように、冷凍庫のドアを押し開けた。平均的な女子にとって少し手間のかかるその重さが、わたしを思考から解放してくれる。モヤモヤした分、今日は大きく開いて、冷凍庫から出る。

そして、稲妻が落ちたような衝撃を受けて、わたしは立ち尽くした。

冷凍庫から漏れるＬＥＤの明かりが、そこに照らし出す影――いつも、わたしが出入りしている地下室の扉を開いた姿勢で、人が立っている。

詳しく顔を見なくても誰がそこにいるのか、わたしにはわかった。

「飛形――」

彼女の瞳がわたしを捉えて、大きく見開かれた。亡霊を見たような顔をして、自分が亡霊みたいな顔になっている。

「□■……◇、◆◇◇■■◇□、□■■◇■◇……」

そして、なにかを言った。なんだ？　わからない。

子どもの頃から聞いていたはずの彼女の声、言葉、音、のはずなのに、わたしにはさっぱりわからない。

なんでだよ、なんでわからないんだよ！

飛形が、普通の人が、こんな時に口にするのは、わたしの名前に決まっているのに、なんでそれが少しもわからないんだよ！

わたしは脳を頭から出して、床に叩きつけたい気持ちに駆られる。

「どうしたの」

そんなわたしの背後、冷凍庫から声が聞こえた。

脳裏に「やめて」と言葉が浮かんだけど、もう遅い。

振り返ると、梗佳が顔を覗かせていた。すぐにわたし以外の人間がいることに気づき、表情に緊張が走る。

わたしは飛形の方を向き直る。飛形はわたしを見ていなかった。その視線はわたしの背後に向かっている。

「□◆、◇◇□◇■」

本当に、心の底から嫌な冷たさが、背筋にピリっと張り詰めた。

「◆◇◇■■◇□◆◇■、◇□◇」

「失踪中」の梗佳を見られた。そしたら、どうなる。どうなるの。どうなっちゃうの？

噂を広められる。大人が来る。梗佳は連れ去られる——わたしは梗佳のそばにいられなくなる。

その結末を想像して、こめかみに鋭い痛みが走った。

帰すわけにはいかない。

わたしは飛形に一気に詰め寄ると、腕を掴んで壁に押し当てた。

飛形は悲鳴を上げて、瞼をいっぱいまで広げてわたしの目を見る。

「■◇□、◇■◆、◇■！　◆■□！　■◇■！」

それから、なにごとか言った。注射を打たれる直前のワンちゃんみたいに、わたしには伝わらない言葉を喋る。

うん、そう、わかるわかる。いつだって、みんな、そうだった。

「あれね……でもね、こんなところに来ちゃった、ヒナが悪いんだよ」

飛形の顔に恐怖が混じった。

「◇■、■、■■◇■□、◇◇◇、□■、◇■◇■◇——」

わたしにはわからない言葉を延々と捲《まく》し立てる。

うんうん、そうだね、怖いね。だって、今までのわたしじゃないんだもん。教室で一緒に笑いあっていたわたしじゃない。たったひとりのわかりあえる人、梗佳のことを守ろうとしているわたしなんだ。

だから、そのお口から無尽蔵にあふれ出てくる恐怖にはいっぺんの同情もできない。

それ以前に、わたしには理解できない──。

心臓がバキバキと音を立てて鼓動する。強張った心筋を、無理やり稼働させているイメージ。気分が悪い。吐きそうだ。わたしはパニックになっていた。

脳が送る信号はただひとつ。

このまま帰すわけにはいかない。

帰してはいけない。

帰すな。

わたしは飛形の首に手をかける気がした。

この手でその可愛い喉元をギュッと締め上げて、せきとめた空気がわたしの望みを叶えてくれる。

ここにはわたしを除いて誰も来ない。誰も知らない暗い密室でなにがどうなったとしても、失踪する生徒がもう一人増えるだけ。

たった、それだけ、それだけ、それだけ──。

「待って」

はちきれそうになっていたわたしの身体に、なにかが触れた。

梗佳だった。途端に、今、思い描いたすべての悪夢が、すうっと部屋の壁に吸い込まれていくように散っていった。身体から力が抜けて、わたしは梗佳に受け止められる。

梗佳はわたしの壊れた言語野にもわかるように、優しい声音で言った。

「その人、あなたのことが心配だったって言ってるんだよ」

え、飛形が？

なにも考えられなくなったわたしに、梗佳は続けた。

「四月から様子がおかしくなり始めて、ずっと気にしてたって。ずっとぼんやりしてるし、会話も全然かみ合わないし、遊びに行っても全然楽しそうじゃない。それで、ただ、知りたいって思っただけだって。あなたの助けになりたかった、だけなんだって」

それは——わたしがずっと、わかりたかった言葉。

むごたらしく、わたしから最後に奪われた大切な友達の言葉だった。

「ヒナ……それで、こんなところまで来ちゃったの——」

わたしは彼女の名前を零す。この声はずぶずぶに濡れていた。

飛形はうなずいて、なにかを喋る。それを聞いた梗佳がわたしに伝える。

「今日の昼休み、あなたのこと、尾《つ》けてたんだって。そしたら、この準備室でいなくなったから、放課後ずっと調べて、やっと見つけたって」

そうだったんだ。昼休み明けに視線が合ったのは、そういう意味だったんだ。

梗佳と過ごして、久しく慣れてしまっていた「わかる」という感覚に、脳は痺れ、喉の奥かぶわっと広がるような解放感に震えた。

飛形が続けてなにか言う。

梗佳も言う。

「いったいどうしちゃったのって、なにか病気になっちゃったの、みんなのこと嫌いになっちゃったのって、言ってる……なにか困ったことがあったら、どんなことでも言って欲しいって——わ、私たち、友達だよね、って言ってる……」

梗佳が話す間、飛形は両手で胸を押さえて、不安な面持ちでわたしを見ていた。

わたしは……胸のうちに吹き荒れる感情にただ圧倒されていた。

そんなことを思ってくれていたんだね。わたしと友達でいようとしてくれていたんだね。わたしはずっと、飛形に変に思われないように、嫌われないようにってばかり考えていたのに。

わたしは梗佳の言ってくれたことを思い出す。

『だから怖くないんだ。そういう友達がいるから』

言葉がわからなくても全然平気じゃん、ってわたしがふかしている裏で、飛形はそんな苦しい思いをしていた。飛形の感情の上で、わたしはあぐらかいて変わらない日常とやらを謳歌していたんだ。

ちゃんと相談すればよかった。話せばよかった。そのチャンスなんていくらでもあったじゃん。なのに、わたしはわたしの身が可愛くて、誤魔化した。

鋭い後悔の矢がわたしを貫く。

なんでだろう、なんで、いつも、わたしはこうなんだ。

肝心なことに、後にならないと気がつけないんだろう。

「ごめん、ヒナ」

わたしは言った。ずっと、わたしが吐き出したかった言葉だ。

「わ、わたし……ヒナが、みんなが……なにを言っているのか、わからないんだ」

「□、■◇■□□◆。■◆■□■■◇■◇■□□◆◇■？」

飛形の顔色が悪くなって、なにかを言う。

なにを訊いているの、飛形？　なにが知りたいの、飛形？

わたしにはわからない。気分が悪くなってきた。あの夜、梗佳も——わたしに自分のことを打ち明けるのに、同じような気持ちだったのかな。そう思うと心がかき乱される。

「……どういうこと？　私の言葉が聞こえてないってこと？　って」

そこに梗佳の声が聞こえた。日本語を日本語に翻訳してくれている。

急激に「わかる」を得られて、わたしの感情は落ち着いていく。

「……ううん、聞こえてはいる。でも、聞こえてくる言葉がわからない。ずっと前から。最初はノりでなんとかしてたけど、途中から、無理になった」

「◇□◆、□◆□■■◇？」

飛形がなにか言う。梗佳も言う。「今も、わからない？　って」

「わからない。だから……梗佳が言ってることを、教えてくれる」

わたしの言葉を承けて、飛形の視線が梗佳に向かう。

飛形は、恐る恐るという風に梗佳になにごとかを言った。

「■■◇、□□■◆◇◇■◇……◆□◇」

それに応えて、梗佳も口を開く。

「そう……『失踪中』の栖上」

――わたしは自分の身体が凍ったかと思った。

「□、◇◇■■◇□◆◇■□◇■□？　□■■◇■◇■□、■◇◇■◆◇◇■■」

「……ごめん、言えない。でも、やっぱり噂になってるんだ」

「□■■◇■◇■◇◇……◇■◇■□□◆◇◇□◇■□■□、◆、◆◇◇■■◇□」

梗佳はわたしの頭を飛び越して、飛形と会話を始めた。わたし以外の誰かと話し始めた。

わたしは鋭利なナイフで心臓を突かれたような暗さに、全身を支配された。

そうだった。なんで忘れていたんだろう。どうしてか、梗佳もわたしと同じだと思っていた……

でも、最初から、歯車が狂っていたのはわたしだけだった。

梗佳とふたりだけの世界なら、なにも感じずに過ごしてこられた。

なのに、たったひとり、飛形という普通の世界の子が紛れ込んだ瞬間に、あっけなく崩壊してしまった。砂で作ったお城みたいな、あまりの脆さ、あまりの呆気なさ。

わたしは――言葉の世界では、どこまでもひとりぼっちなんだ。

「……私の言うことだけが、わかるんだって」

梗佳は飛形の口にしたなにかに答えて、そう言った。

わたしを守るような口ぶりだったけど、そのグロテスクなまでの不公平さにわたしは慄く。

わたしには梗佳しかわからないのに、梗佳にはほかの人全員の言っていることがわかる。

いや、そんなのずっとそうだったじゃん。映画をコメンタリーしてもらったり、SNSを代わりに見てもらったりしていたはず、なのに――梗佳が他の誰かと言葉を交わしている様子が、わたし抜きでコミュニケーションをしている場面が心に刺さって、どうしようもなくじくじく痛む。

どっちも同じことのはずなのに。どうしてこんなにわたしはショックを受けているの。

少しずつ、梗佳の声が遠ざかっていく。

バチが当たったのかも知れない。

なにも考えずに、ただ欲求のままに生きてきた、罪に。

でもさ、それが悪いことだったとしても……そうする以外にどうすればよかったの？

――ずん、と頭が重くなる。その後の話は、わたし抜きで進んでいった。

たまに、梗佳がわたしに意見を求めたりしてきたけど、わたしは首を振るだけでなにも言わなかった。その方が早く済むから。

「◆■、◆◇◇■。□◆◇……□◇■◆■□■■、□◆□■■◇」

わたしはこの世界が早く終わって欲しかった。

「……なに？」

「◇■、□◆◇◇□◇■□■□□……◇□◇◇□◇■。□◇■◆■□■■◇■◇■□□◆◇■■◇□」

やがて、飛形はなにかを置き土産のように告げると、わたしの腕を一回引いて、地下室を出ていった。行こう、って言っているんだろうか。飛形はどうすることに決めたんだろう。

わたしは靄に包まれたような気分で、梗佳に目を向けた。梗佳もわたしを見る。その表情に、わたしは息を忘れた。

彼女は――戸惑いのような、悲哀のような、見たこともない複雑な表情を浮かべていた。

「梗佳……」

名前を呼ぶと、梗佳はハッとしたように首を振った。

「わ、私は大丈夫。早島さんとも、ちゃんと話ついたから心配しないで」

「明日も来ていい……？」

「……う、うん」

梗佳は曖昧に目をそらしながらうなずいた。なんだか、砂の粒が混じったような、違和感がある。

これはいったいなに？　梗佳は、飛形となにを話していたの――。

でも、訊けなかった。

「じゃあ、絶対に明日来るから。なにがあっても、絶対行く」

結局、口を出たのはそんなことだった。わたしは「絶対」という音の重しで、彼女の心を抑えようとする。

わたしの言葉に、梗佳はうなずいてくれる。

「わかった。待ってる……でも、無理はしないで」

「平気、どうせわたしにはできないから」

とか言いつつ、しちゃうかも知れない。

そんな予感を孕んだ返事をすると、梗佳は名残惜しそうに冷凍庫の中へ入って、自分から扉を閉めた。


準備室に戻ると、飛形が制服をぱたぱたと叩きながら待っていた。

「……ごめん、ヒナ。わたし、ずっと――」

「□□――」

飛形は口を開き、なにかを言いかけて、やめた。わたしに言葉が通じないことを思い出したみたいだった。

それから、パッパッと手を動かしてみせる。そういえば、家の習い事で習得したっていつか話していたような気がする。なんだか、わたしは悲しくなった。

「……手話は、もとからわかんないよ」

飛形は唇を噛むと、わたしの掌に字を書いたり、大げさに唇を動かしてみせたり、一文字一文字ゆっくり発話したりした。なんだかおもちゃが壊れたことを認められなくて、もう一度動かないかってあれこれ試す子どもみたいだな、と思った。

「……わからない。もう、メッセージを受け取る機能が、ぶっ壊れちゃってるみたい」

わたしは言う。酷いことを言っている気分だった。悪意なんてあるはずがないのに、飛形を突き放しているみたいで、泣きそうになる。

飛形は動きを止めると同じように泣きそうな顔になって、慌ててきゅっと目を瞑った。両手でゴシゴシと顔面をこする。それから大きく息を吐くと腕を下ろした。

「っ」

そうして現れた表情に、わたしは胸が詰まった。

飛形は笑っていた。

それは、ラウンジでだべっている時や、スースターの動画を観ている時にするような笑いじゃない。

たった今、この瞬間、わたしに伝えるためだけの、初めて見せる笑顔だった。

私はシオの味方だよ、と。

その気持ちが、心の芯に痛いほどわかった。実際に痛かった。わたしは息を忘れてしまっていた。

空っぽになった肺に息を入れ直して、わたしは言う。

「うん……ありがとう……ヒナ……」

正直、苦手なこととか、鼻につくところはあるけど、わたしは飛形のことを親友として、想像以上に大事に思っていた。飛形のメッセージがわかったことが、その証拠だ。

それなら――言わなくちゃ。

言葉がわからなくなったということと同じくらい、いや、きっとそれ以上に大切なことがある。それを話せるのは、この世界に飛形しかいないから。

「あのね……聞いて。聞いてくれるだけでいい。怒りたかったら怒ってもいい。でも、もうひとつ、どうしても伝えなくちゃいけないことがあるの」

飛形は首をふるふると振った。大丈夫だよ、なんでも話して、と。

わたしはみるみる浅くなっていく自分の呼吸を感じながら、絶壁から飛び降りるような気持ちで口を開いた。

「前に言った『気になる人』って――あの人のこと」

全身が爆発しそうだった。燃えるくらいに熱かった。それでも、強いて続ける。

「わたし、栖上梗佳のことが好き……妹とか、ヒナとかのことが好きなのとは違う、苦しすぎて、心がどうかしちゃうような好き、なの。その、本当にそういうものかは、よくわからないけど……愛してるのかも知れない。すごく大切で、愛おしすぎて辛《つら》いくらいで、一緒にいるとすごく幸せで……もし、梗佳になにかあったら……わたし、とても生きてけない。だから――だから……」

「……◇◇■◆◇。◇◇■◆◇◆、□■■◇■」

飛形はなにかを答えて、わたしの頭を撫でた。

なにを口にしたのかわからないけど、その穏やかな手つきから、わたしのなけなしの想いを優しく受け止めてくれたことは、確かにわかった。

「■□□、◇■◆◇◇■■◇□◇■。□■■◇■、■□■■◇■◇■□□◆。□◇」

飛形の声がさらさらと流れていく。その流れに乗せて、わたしは全てを打ち明ける。

「ヒナ……わたし……本当はもう、教室にいたくない。外にいたくない。言葉がわからないことで気を遣いたくない。誰かを困らせたくない。ずっと、ずっと梗佳のところにいたい」

「……□◇」

この本音には、飛形の顔も曇ってしまう。複雑なのはわかるよ。だって、その気持ちはきっと、わたし自身が梗佳に向けるものと同じだ。あんな暗い、光も届かない地下にこもっているなんて――

普通に考えたら心配だよね。

「……□◇■」

でも、飛形はノーとは言わなかった。

いや、わからないけど、わたしの想いを肯定してくれたんだとわかる。

「いいの？　わたし、ずっと梗佳のもとにいて、いい？」

「◆□」

「みんな、心配しないかな」

「■◇◇□◆◆□□□◆■◇■□◇□◆」

「……わたし、幸せでいていいのかな」

「……□◆◇◇□◇」

いいよ。大丈夫。当たり前だよ。……そんな声が聞こえた気がした。

飛形。さすが、わたしと世界で一番話してきた、わたしの一番の友達。

そんな子を、わたしは疑っていたのか。さっき、地下室で遭遇した時、手にかけようとしてしまったのか――梗佳が止めてくれなかったら、わたしは、飛形を……。

「ありがとう、飛形」

わたしは飛形を抱きしめた。

飛形は受け入れて、わたしの背中をとんとんと叩いてくれた。

わたしは気づいている。

幸せへ歩み寄っているつもりで、本当は途方もない不幸の中へと沈みつつあることを。

どうにかしたい、どうにかしたいけど——でも。

『いまさら私たち、離れたりなんかできないよ』

きっとわたしたちの運命は、梗佳のあの一言に集約されているんだろう。

わたしには、それが至上の幸福に思えた。

10

その夜は一睡もできなかった。ずっと誇張表現だと思っていたのに、本当に一度も意識が途切れることなく、朝を迎えることがあるんだと、カーテンの下から漏れる光を見ていた。

飛形が冷凍庫にやってきて、梗佳がわたしの事情を伝えて、わたしは梗佳への想いを言葉にして。いろいろな大事件が起こった後で、わたしはどうなってしまうのか、ぐるぐる考えていたら眠る暇すらなかった。

ベッドにいるのに飽きたわたしは、いつもよりずっと早く家を出た。ぼうっとする頭で学校に向かう。通るのは校門じゃなくて、裏手の通用門だった。梗佳が冷凍庫に入った時に通った、鍵のかかってない出入口。そこから調理棟は呆れるほど近かった。

準備室のシンク下から地下室へ。冷凍庫を開くと真っ暗だった。

けど、わたしは不思議と慌てなかった。勘でＬＥＤライトを見つけ出すと、スイッチを入れる。冷凍庫の中に朝が来る。

「梗佳、おはよ」

「ひゃっ、え、あ、わ……え、嘘！　もうお昼？」

寝袋の上、寝起きの梗佳が寝ぼけ眼《まなこ》でわたしを見上げる。

「ううん。まだ七時とかじゃない？」

「だ、だよね……どうしたの、こんなに早く。やっぱり昨日のことで、心配？」

「ううん。飛形は味方になってくれた。授業サボってもどうにかしてくれるって」

「そう、言ってたの？」

「わからない、けど飛形ならきっと大丈夫。だからわたし、今日はずっといるよ。今日だけじゃなくて、これからもずっと」

「……あなたは、それでいいの？」

「うん、いい。梗佳は……嫌？」

問い返すと、梗佳は迷うように視線を落とした。長い睫毛がふわりと垂れて、わたしの心はくらりと揺れる。

「嫌なわけ……ない」

わたしはほっとして、そのまま彼女の隣に腰を下ろした。

「よかった。嬉しい」
子どもみたいな感想だったけど、それ以上の気持ちは伝わっているはず、と心から信じていられた。こんな人を好きになれて、わたしは幸せだった。

飛形は失踪中の女子生徒、栖上梗佳に会ったことも、隠された地下室を見つけたことも、わたしがそこに通い詰めていることも、誰にもバラさなかった。それどころか、わたしのいない日常を、完璧にフォローしてくれているみたいだった。

その後、なにごともなくふたりで過ごせたことがその証拠だった。毎日朝から晩まで、わたしたちは狭い冷凍庫の中で一緒に過ごした……なんて言うと幸せな時間っぽいけど、安穏とした気持ちではいられなかった。

わたしはまた別の誰かが、この世界に足を踏み入れてくるんじゃないかという想像に、心を乱されるようになった。飛形を信じていないわけじゃない。でも、この地下室は見つけようと思えば誰にでも見つけられる、という事実が不安だった。

次に来る人が理解を示してくれるとは限らない。いや、飛形が本当に特別だっただけだ。わたしたちは運がよかった。次に見つかった時こそ、本当にわたしたちの終わりだ。

そうやって後ろ手で緊張するような日々のうち、わたしも食欲がなくなっていった。栄養補助食のブロック一個で十分。それ以上いこうとすると、食道に蓋がされたようにものが飲み込めなくなって、オエッとなってしまう。わたしがこんなじゃ、梗佳のことをとやかく言えない。

眠れない日も増えて、その分、冷凍庫でまどろむことも多くなった。梗佳との時間を寝潰すのはもったいない気がするけど、逆に、梗佳といるから安心して眠れるのかも知れない。

その日も細い昼食を摂った後、そのまま眠り落ちてしてしまった。

目が覚めると、梗佳が体育座りでわたしをじっと見ている。

そのまま見つめ合っても、逸らされなかった。その心の中を覗き込むような眼差しに、わたしは戸惑う。これは、夢？　そう思って身を起こす。それでも視線は離れない。夢じゃない。

梗佳にとって、わたしってなんだろう。見られながら、わたしは考えた。

わたしにとって梗佳は、乾いた砂漠の砂に少し埋もれたガラス瓶が、太陽の輝きにキラリと光って目を焼くような、そんな存在だ。目を閉じると、彼女のイメージが闇の裂け目のように現れる。どこにいようが、そこにいるってわかる。梗佳はそういう風に、わたしの中にいる。

だけど梗佳の中のわたしは、どこに、どんな風にいるんだろう。

わからない。知ってみたい。

「梗佳……なに、考えてる？」

わたしは訊いた。梗佳は目を細めて、答えた。

「……あなたも痩せたなって」

「ホント？　えへへ、ダイエット成功」

「ねえ、あなたは別に、わたしと同じの食べなくてもいいんだよ。お昼とかだけでも、外に出てもっとおいしいものを食べてきたら」

「ええ、そんなのやだ。梗佳と一緒に食べないと食べた気がしない」

「でも――」

「ていうか、細いのは梗佳も一緒じゃん。デッサン人形みたいな人に言われたくないんだけど」

「……ごめん」

梗佳はしょんぼりと顔を俯かせてしまう。その姿にわたしはハッとした。

いや、違う、違う、違う！　こんな会話がしたいんじゃないんだよ。

なんか、最近、こんな空気になってばっかりだ。正直、わたしは梗佳となら、気まずくなるのも悪くはないと思える領域には来た。だけど、それはわたしの勝手な感想であって、梗佳はハッピーじゃない。

……どうにかならないかな。

わたしが梗佳に食事を合わせているのは、自分だけ外で食べたいものを食べる罪悪感があるからだった。家のベッドで眠れないのも同じ理由かも知れない。冷凍庫の床なら、梗佳と同じ寝床だから眠れる。

同じ場所、同じ食べ物――おいしい料理。

「あーっ！」

その時、わたしはものすごいことに気がついた。これが映画ならスーパー怒涛の伏線回収になるような、灯台下暗しの重大事実だ。

「な、なに、突然……」

目を丸くしている梗佳に、わたしは勢い込んで言った。

「この冷凍庫出てすぐのところ！　調理室じゃん！　つか、ここ調理棟じゃん！」

「え、うん……い、いまさら？」

梗佳はぱちぱちと瞬きする。え、気づいてなかったのわたしだけ？　やっぱり、肝心なことに気づけないことにかけて、わたしは一線級らしい。

「こんなデッカい台所が隣にあるんならさ、わたし、梗佳もパクパク食べれるような、おいしい料理作って持ってくるよ！　それで脱デッサン人形しよっ！」

「えっ、そんなことできるの？」

「できるできる。なんかいつも誰も使ってないし、お皿も道具も準備室から取りたい放題だし」

「じゃなくて、料理……」

「え？　別に普通にできるけど。ケーキ作ったりするよ」

「そ、そうなんだ。意外……」

「なんでよ！　レンジで卵を爆発させてた方がお似合いだってのかいっ！」

「あ、ち、違くて！　そうじゃなくって！」

梗佳の慌て方が面白くて、わたしは笑った。梗佳もじゃれ合いだとわかると、ほっとしたように小さく笑う。冷凍庫の空気が少し緩んだ。

ただ、まだ懸念があるみたいで、梗佳は神妙な顔に戻って言う。

「でも、それって……勝手に使うってことでしょ？　もしバレたらどうするの？」

「大丈夫、大丈夫、うまくやるって。仮にバレて尋問されても、梗佳の居場所は吐かない」

「それで謹慎とかになって、戻ってこれなくなったら本末転倒じゃない」

すでに授業をサボりまくっているのに、いまさら謹慎なんかでわたしが止まるわけがない。梗佳って本当にいい子として生きてきたんだと、しみじみ感じた。

「梗佳、そんなにわたしが来なくなっちゃうのが心配？」

わたしはなにか嬉しい言葉がほしくて、甘えて言う。

梗佳はまた、さっきみたいにじっとわたしのことを見つめると、ゆっくりと息を吸い込んでから、小さくうなずいた。

「……うん」

「そっか。でも、大丈夫、わたしは絶対に――えっ」

突然、きゅっと手首を掴まれて、梗佳との距離が縮んだ。すぐ目の前に梗佳の綺麗な瞳がきて、わたしをじっと見据える。遅れて、彼女の揺れた長い髪がわたしの指に絡まった。

「わかってる。この心配が私のエゴだって」

「え、えごって……？」

思わぬ強引な展開にわたしの声が上ずる。あれ、梗佳ってそういうキャラだっけ——。

「汐梨」

梗佳はわたしの名前を呼んだ。ジェットコースターの落下寸前のあそこに来たような、空気がふわっと流れて、内臓がすっと浮く感覚がわたしを包む。

「な、なに……」

頭がびりびりする。梗佳の唇がそっと開く。

「私——離したくない」

え、と声が漏れそうになった。

端っこの方、ちょっと食むだけで察せるくらい、濃厚な一言だった。

「あなたのことが大切だから」

「そ、それって——」

ふわ、と手首が動くようになった。わたしは梗佳の胸に手を置く。ジャージ越しでわかるほど、ありえないほどドキドキ鳴っている。

梗佳はわたしの手を包むと、真っ赤な顔で、こくりとうなずいた。

う、うわ——……。

わたしは落ちた。

すべての感覚から解放されて、完璧な自由に漂った。

直後、胸を走るあらゆる管がギュッと締め付けられたように、ギュッと苦しくなる。感情がクラッシュして、パンパンのダムの弁がすっ飛んだように、燃える想いがドカァと噴出する。

嘘、うそ、うそでしょ。梗佳の方から、そんな……来るなんて。

苦しい。嬉しすぎて苦しい。わたし、この子のことが愛《いと》しすぎて。

「梗佳」

わたしはいてもたってもいられなくなって、立ち上がりながら、ドラマの最終話かってくらいの勢いで叫んだ。

「わたしもっ！　わたしも梗佳のこと、大切だからっ！　わたしだけのものにしたいから！」

「あ……」

梗佳の顔がふにゃりと揺らぐ。

わたしはそんな梗佳の肩を掴んで、思い切り言った。

「今すぐ、めっちゃおいしいやつ作って、腹いっぱいにしてやる！　わたしの作ったものしか受け付けない胃袋にしてやる！」

「えっ、ま、待って……！」

わたしは冷凍庫から飛び出した。

相手からの好意を認めた瞬間、気持ちを大解放するなんて、ムシがよすぎる気がするけど、でも、梗佳に先を越されちゃったんじゃ、あとは感情のデカさで勝負するしかないじゃない。いや、なにと争っているんだかわからないけど。もうなんもわからない。苦しい。嬉しい。死ぬ。生きたい。生きるために食うんだよっ！　ああ、もう、もう頭の中がうるさくてしょうがない。誰か助けて！

　調理棟を出て、例の鍵フリーな通用門から敷地外へ抜け、学校近くのスーパーで食材を買い込む。なにを作るかは、自然と決まっていた。

　パスタ、にんにく、唐辛子、オリーブオイル。

　あの日、調理実習にわたしが参加できなかったのはきっと、この日のために取っておくためだ。なんだか、そんな気がした。

　調理棟に戻ると、準備室から直通の扉を開け放って、調理室へのアクセスを開通する。

　白昼堂々イリーガルクッキングの開幕だ。

　わたしは鍋を引っ張ってきて、あの日、作れなかったパスタを茹でる。あの日に奪われた調理実習をやり直す。あの子が好きといった料理を、このシンプルな材料でめっちゃおいしく作ってやる。料理するとはいっても、いつも自分さえ満足できればいいや程度のものだったわたしの中に、こんな強固な意思が宿るなんて、生まれて初めてだった。

　フライパンを持ち出して、コンロに置いて、その上でソースを作る。にんにくを刻みながら、梗佳は口の臭いを気にするかもな、と考えて、テンションが上がった。鷹の爪を炒めながら、そういえば辛いのは平気なのかな、と心配した。まあ、ヒィヒィ言っているところも見てみたい。わたしはウキウキしていた。はやく食べたい。梗佳と一緒に食べたい。愛情が最高の調味料とは、こういう意味だったんだと初めて知った。

キッチンタイマーが鳴ったので、私はパスタを皿に移す。

それにソースを絡めて、アーリオ・オーリオ・ペペロンチーノ完成。

ちなみに、正式には「アーリオ・オーリオ・エ・ペペロンチーノ」らしい。エ、て。

味には自信があるけど、たくさん量ができてしまった。量も見ず適当に掴んだ袋パスタを、鍋のでかさに任せて全部放り込んでしまったせいだ。腹いっぱいにするといっても限度がある。梗佳の住み家である冷凍庫は冷凍庫のくせに、食べ物の保管能力がないので、余って無駄になったらどうしよう。

というか、梗佳のもとへ届けるには、あの汚いシンクの下を通らなくちゃいけないので、せっかく皿に盛りつけたものを、これも準備室に備え付けてあったタッパーに移すハメになった。

うーん、つくづく料理って、向こう見ずなわたしと相性悪い……と思うけど、まあ、それもわたしらしくっていいっか、って流せた。いまのわたしは無敵メンタルなのだ。

梗佳に料理を届けることができるのはわたしだけだ。わたしだけが、梗佳に料理を食べさせてあげることができる。わたししか、梗佳を養える誰かはいない。梗佳に喜んでもらえるなら、それで全部よかった。

そうして、わたしは梗佳に愛してほしかった。

わたしが愛されているって実感をくれるのは、この世界で、梗佳、あなたしかいないのだから。

わたしはシンクの下を這って、作りたてほやほやのペペロンチーノを運ぶ。

下り坂の通路を抜け、地下室に入ると、タッパーを掲げて、冷凍庫に駆け込んだ。

「梗佳！　じゃーん！　ペペロンチーノ作って来たよ……って、え？」

そして、わたしは立ち尽くした。

梗佳はパンパンになったリュックを背負って、大量のゴミがつまったゴミ袋を両手に持って、絶望に立ち向かうヒーローみたいな表情をして、わたしを見ていた。

「な、なに、梗佳、どうしたの……そんないかにも、わたし外に出ます、今までお世話になりました、みたいなカッコして……」

なんにも情報が入ってこなくて、わたしはただただ、呆然と思ったことをそのまま口にする。

梗佳は思いつめた表情で、重々しく言った。

「汐梨の言った通りだよ。私……失踪するの、やめる」

「え……なんで……？」

「汐梨と……一緒にいたいから」

わたしは混乱した。その気持ちはどうしようもなく嬉しかったけど、実際の行動とかみ合っているとは思えなかった。

どうしてそんなこと言うの？

すでにありえないくらい一緒にいられる場所にいるのに、なんでわざわざ外に出ようとするの？

「ねえ、どうしてショックな顔してるの」

疑問の渦に呑まれて窒息しそうなわたしに、梗佳は追い打ちをかけるように言った。

「あなたは、私に外に出て欲しかったんじゃないの……？」

梗佳は悲しそうにした。そうだ。わたしは、梗佳に外に出て欲しいと思っていた。

この場所に梗佳を閉じ込めたのは梗佳自身だ。だとすれば、自分の意志で外に出れば、『試し』とかいうのに打ち勝ったのと同じだ。そうすれば、恐怖のしがらみもなくなって、ご飯も喉を通るようになって元気になれる。

それに、わたしもこんな狭苦しい場所に来なくても、開けた場所で梗佳と会える。

全部、丸く収まるはずだった。

でも、その考えは、飛形がこの秘密の園にやってきてしまった時に、決定的に変わってしまった。

わたしは震える声で言った。

「前まではそうだったよ、冷凍庫から出て欲しかった。でも……わたしは梗佳としか話せないのに、梗佳は、わたし以外の喋ることもわかる……梗佳が外に出たら、きっと、わたしたちの距離はどんどん開いていっちゃう……そんなの、やだ……」

わたしは、学校の廊下ですれ違った梗佳に声をかけるところを想像する。

でも、梗佳の隣には知らない子がいて、わたしのわからない言葉を喋って、梗佳は笑っている。梗佳はゲラだから、きっと誰の冗談だって笑っちゃう。あははは、って笑い声が、わたしのいないところから聞こえてくる……。

そんなの、絶対に見たくなかった。見たら、きっと、吐いちゃうと思う。

「……私たちの距離は開いたりなんかしない。むしろ、今の方が……私は不安なんだよ」

梗佳は振り絞るように言った。

「ど、どうして？」

「汐梨の友達とのやり取りを見たり、こないだ来た早島さんと話して、痛いくらいに実感したの。あなたはすごく明るくて、優しくて、人の気持ちがわかって、一緒にいて話してるだけで楽しくて、とても魅力的な人。みんな、あなたのことを放っておかないし、あなたも応えてる。私なんかとは違って、外の世界には汐梨にとって素敵なものが溢れかえってる」

嬉しい、気絶してしまうくらい嬉しいことを言われているはずなのに、全然喜べない。なんだか、そう話す梗佳はガラス越しにいるような、ひとつ向こう側の世界にいるような気がして。

梗佳は息を切り、続けて話す。

「もし明日、汐梨がもとに戻って、他の人の喋ってることがわかるようになって、元の日常を取り戻したら――わたしは、あなたにとって他の子と変わらない大勢の友達のひとりになる。その中に埋もれて……いつか私は、あなたに忘れちゃうかも知れない」

「ありえないよ……わたしが突然、治るなんてさ」

「現に言葉を失うなんてありえないことが起こってるのに、その逆も『ありえない』なんて、どうして言えるの？」

お腹の中の、一番触れられたくない場所を、ぐにゃりとねじられたような痛みが走った。

「――だから……さっき、梗佳は、告白してきたの……？」

「そう。わたしは、あなたに近づきたい。奇跡的に出会えた汐梨を離したくない。空の下で、ちゃんと胸を張って一緒にいたい！　だから……だから、気持ちを伝えて、外に出ようって、決めたの――」

わたしはいつも、肝心なところに気がつかない。

梗佳の気持ちなんか、なんにも考えてなかった。

わたしが、梗佳が他の誰かと喋っている様子に悪寒を覚えたなら、梗佳も、わたしが飛形にとても心配されている様子に、同じような感触を覚えたんじゃないか。

「離れるなんて、そ、そんなこと、ありえない、のに……」

そんなこと、本当にありえないの？　心の中の違うわたしが反駁してくる。

突然、奪われた日常が、突然、戻ってくることがないなんて、言い切れる？

どこにそんな保証がある？

心のどこかで、いつも願っていたんじゃないの？

私は不幸になった、不幸になったと思いなしながら、いつか、幸せが利子つきで帰ってくる日のことを待ち望んでいたんだよね？

仮に、言葉がわかるようになっていたら、どうしてたろう？

馬鹿なわたしは尻尾を振って、元の日常に戻っていったんじゃないの？

飛形とニコニコと雑談するあの日々に。調理実習で食材を忘れることのなかったあの日々に。

そんなことない！

そんなわけない！

絶対に言い切れる。耳を賭けたっていい。目を賭けたっていい。

わたしは梗佳から離れたりはしない。

でも、このわたしの気持ちが、梗佳の心に直接伝わるわけじゃない。

どんな結果が吐き出されるかわからないパンドラの箱だ。ある日突然「治ったわ」とか言って、来なくなってしまうことだって、あり得ないわけじゃない。

言葉がわかるようになる、というわたしにとっての幸いは、梗佳にとって災厄なんだ。

それを回避するために、確実にわたしへ近づくために、梗佳は勇気を振り絞って、逃げ込んだ檻から出ようとしていた。

なのに、わたしは——嫌だ、って言いたくて、たまらないんだ。

その時、ようやく気がついた。

わたしが来たから、この冷凍庫は住みやすくなった。わたしが来たから、食糧や水に心配がなくなった。わたしが来たから、ここが秘密の居場所になった。

そうか、そうなんだ。

ずっと、ここに梗佳を閉じ込めていたのは、梗佳自身じゃない。

わたしだ。

「ねえ、どうして……励ましてくれないの」

梗佳は細い声で、言う。その小さな響きが、わたしの心をぐちゃぐちゃに締め付ける。

彼女が勇気を奮ってしまうとしていることを止めようなんて。わたしはなんて自分勝手なの。

ぼたぼたぼた、と、手に持ったタッパーのフタになにかが落ちた。見下ろすと、視界がぶわっと曇る。涙だ。眼球が信じられないくらい熱くなって、夕立のように涙がとめどなく溢れ出て、ペペロンチーノに降り注いだ。

「やだ……梗佳……行かないで……」

それでもやっぱり、わたしは嫌だった。

梗佳が他の誰かと話している様子なんて、絶対に見たくなかった。

いかないで、いかないで、いかないで――お願いだから、わたしをひとりにしないで。

わたしはあられもない感情を延々吐き出しながら、泣き喚いた。冷凍庫の扉の前から動かなかった。立派な『試し』として機能していた。わたしは瓦礫だった。梗佳の命を脅かす邪魔ものだった。

それでも、よかった。梗佳がここに居続けてくれるのなら。

ただ、梗佳の心はそれ以上に強かった。梗佳はゆっくりとわたしの方へ歩み寄ってくると、枝に咲いた花を愛でるように腕を伸ばし、わたしの頭をふわふわと撫でた。

それから、すう、と手を耳のあたりから落として、わたしの頬に触れる。わたしの涙が、梗佳の親指に流れ、甲を伝って、制服の袖に吸われていく。

「梗佳……」

わたしはその手に両手で縋《すが》りついた。ペペロンチーノが床に落ちて、コトンと音が立つ。

「わたしを離さないで。ずっと、このままでいて」

わたしの視界には梗佳しかいない。梗佳は綺麗な顔を、辛そうな色に染めて言った。

「……あのね、汐梨にひとつお願いがあるの。前、早島さんから失踪届出てるって聞いた。私、ここから出て、家に直接帰るの怖いから、いったん警察に行こうと思う。それで、たぶん、両親とか、親族とか、大人とか、堅苦しい手続きとか、法律とか、世間とか、噂とか、そういう色んなものに、めちゃくちゃ怒られる。頭が二度と元の形に戻らないくらい、叩かれて、怒鳴られて、どうにかなるかも知れない。その時は……汐梨に、慰めて欲しい。今、私が汐梨にしてあげてるみたいに、頭を撫でて、私はあなたの味方だよ、って包み込んでほしい。この世界に、私の恐怖に寄り添ってくれる人はあなたしかいないから……」

悲しみも苦しみもひとまとめにして、わたしが存在する意味へと変えてしまう梗佳の言葉——信じられていることへの悦びが血管に充ちて、体中が熱くなる。

「きょうかぁ……」

そんなことを言われて、わたしは彼女の選択を受け入れるしかなかった。

わたしは瞬きを忘れてほとんど白くなった視界の中で、梗佳をじっと見つめて言う。

「わかった……その時は慰める。嫌ってくらい肯定してあげる。世界を敵にしてもいい」

「……ありがとう。そう言ってもらえて、やっと最後の踏ん切りがついた」

ほっとしたように梗佳が微笑む。

わたしはもう、なにも考えられない。

梗佳の掌の熱が、わたしの理性を涙と共に奪っていく。

「ねえ、梗佳、大好きだよ」

「うん、私も……好き、汐梨」

言葉を通じて、気持ちをわかりあえる悦びに全てが蕩けていく。

そうして、わたしたちはゆっくりと顔を近づけて、証をつけるようにキスをした。


その後、栖上梗佳は学校近くの警察署で保護された。

失踪から三十四日が経っていた。

第三章　散った言葉と凍てる輝き

1

ひとり、わたしは冷凍庫の中で、膝を抱えていた。

傍らにはぽつんと、デスクライトが頼りない光を放って、無機質な空間を照らしている。梗佳がLEDライトを持って帰っちゃったから、わたしが家から電池式のを持ってきた。

そういえば梗佳、わたしの寝袋も持ってってた？

わたしがペペロンチーノを作っている間、私物と判断つかないくらい大忙しでこの中を片付けていたんだと思うと、可愛い。それか、愛用しすぎて自分のものと思い込んでいたかも。どっちにしろ、別にいいけどね。

そんなことをぼんやりと考えながら、わたしは冷凍庫の壁にもたれる。

梗佳はまだ来ない。

梗佳の保護は、わたしの周辺になんの影響も及ぼさなかった。

言葉のわからないわたしには、世界が今、いったいどうなっているのか全くわからなかった。

だから、梗佳がどうなっているのかもわからない。

冷凍庫にいようがいまいが変わりないので、一応、中身のわからない授業に出るようにした。飛形はいろいろ事情を察してか、頑張ってわたしと接してくれる。飛形が口を利いてくれたおかげか、最初にちょっと心配フェーズがあっただけで友達は普通に接してくれるし、担任は特に絡んでこないし、警察が訪ねてきたりすることもなかった。

わたしを待っていたのは、リセットボタンでも押したかのように、梗佳と出会う前と変わらない毎日だった。

それはもう、悲しくなるくらいに。

でも、ひとつだけ変わったところがわたしの家の中にある。

「□◇■◇◇、■□■■◇」

「え、くれんの？　……ありがと」

妹が差し出したグーの手の下に手を置くと、ポトポトとグミが落ちてくる。変な渡し方だけど、子どもの頃からこうだ。見ると、底の割れそうなくらいたわんだ台形状の、変な色をしたグミだった。

「なに、これ？」

「□□◆□■」

一言言って、すてて、と、どこか行ってしまう。わからないけど、食べてみる。

しょっぱ！　まっじ！

グミに塩味とかあるまじいよ、あるまじい……と涙目で飲み込んで、そののどごしの残像にわたしはとある料理の面影を見る。

「……ペペロンチーノ？」

あはは、と思わず笑いが声に出た。パスタグミ？　相変わらず変なもの買って、変なものシェアしてくるな。その変さが可愛いんだけど。

ちょっと離れかけていた妹との距離が縮まったのは、梗佳のおかげだ。

わたしは他のグミも食べながら、思いを馳せる。あの日、梗佳に食べさせてあげられなかったペペロンチーノはうちの冷蔵庫に入れてある。傷まないうちに、戻ってこられるといいな——。

わたしは毎日、放課後になるとあの冷凍庫に入って、梗佳が来るのを待った。梗佳が全てのしがらみから解放されて、わたしに慰められに戻ってくるとしたら、ここしかありえないと思った。

梗佳はこの場所のことを漏らさなかったらしく、閉鎖とか接収とかされることもなく、秘密の場所としてあり続けた。

梗佳を待ち始めてすぐに気づいたけど、この狭い箱の中でひとりじっとしているなんて、狂気の沙汰じゃないと思った。不安で、なにもなくて、すぐに暴れ出しそうになる。

梗佳はこんなところでずっと過ごしていたのか、わたしは彼女に、こんなところへ居続けてほしいと願っていたのか、と愕然とした。

なんだ、これでよかったんだ。わたしが間違っていたんだ。

ぽつり、と冷凍庫の床に涙が落ちる。それっきり、静かな時間が続いた。

ある放課後、冷凍庫に行こうとしたわたしは飛形に手を取られて、学校の外に連れていかれた。なにか、梗佳の情報が入ったんだろうか。それとも、なにかもっと別の、深刻なこと？困惑しながらついていくと、なんてこともない、わたしの大好きなカフェだった。そして、そののぼりを見て、わたしはびっくりする。

わたしの大好きなバナナフレーバーのドリンクが出ていた。雰囲気的に期間限定だ。大好きと大好きのコラボレーション。飛形がいなければ、知らないまま過ごしていってしまうところだった。

「飛形……っ」

わたしが感嘆の声を漏らすと、飛形はにこっと微笑む。

さっそく買って、イートインしていく。一口で、わたしは幸せの味覚に浸った。味覚が奪われていなくて、本当によかった。そうだったら、わたしはもう二日目くらいでリタイアしていた気がする。リタイアってなんじゃやって話だけど。

「梗佳と一緒に飲めたらな」

わたしはなにげなく呟くと、飛形が反応して顔を上げた。

「……□◇■、■◇□□■■◇■◇■□、□◆□■■◇■◇■◇◇◆■」

なにかを言う。なんだろう。わたしは必死に推理する。ええと――えっと……。

答えあぐねていると、飛形はまた口を開く。

「◇□□■■◇■□□◆◇◇□◇◇□◇■、□□□◆■□■■◇■◇■□□■□□◆◇■◆」

そう言って、ぽろぽろと涙を流し始めた。突然の出来事にわたしは驚いて、完全に言葉に詰まってしまった。

「――ひ、飛形、な、なに、どうしたの？」

「◆◇◇、◆◇◇■■◇□……◇□、□□◆■◇、□□◆◇◇□◇■□□■□□◆◇……」

なにもわからないのに、その苦しさは嫌というほど伝わってくる。

言葉さえあれば。

「ごめん、ごめんね……わたしのせいだよね、わたしがわからなくなっちゃったから……ごめんね、ごめんね、ヒナ……」

わたしが悪いんだ。全部、わたしが。

空っぽの冷凍庫で待ち始めて一週間が経った。

わたしがここで待つ時間なんて、放課後のたかだか二、三時間だ。梗佳が過ごした時間に比べるべくもない。

でも、今まで一緒に過ごしてきた濃厚な思い出があるぶん、その冷酷なまでの静けさが辛《つら》く身に染みてくる。

まあ、それでもいい。こういうのはお預けが長ければ長いほど、実現した時の喜びも大きくなるものなんだ。そう考えながら、わたしはずるずると床に横たわって、目を瞑る。

その時だった。

遠くかすかに、カタカタ、と物音がして、わたしは首をもたげた。足音がする。こっちに向かっている。

——来た。帰ってきた！

そう悟った瞬間、すぐにでも駆けつけたい気持ちがドワっと湧いたけど、ぐっと我慢した。初めてこの冷凍庫を訪れた時の梗佳と同じように、わたしは膝を抱えて座り直す。それで、待つなんて余裕でしたけど？　みたいな態度で、梗佳を迎え入れたかった。梗佳ほどじゃないけど、これがわたしのささやかなどうでもいい見栄だった。

やがて、冷凍庫の扉がゆっくりと開いていく。

足元にふわりとぬるい空気が流れる。

鼓動がドクドクドク……と次第に早まっていく。息ができない。

三十度くらい控えめに開いた隙間から、ゆらりと長い髪が見えた。

大好きな髪、見間違えるはずもない。

「き……梗佳！」

我慢の限界だった。

わたしはバッと立ち上がって、梗佳の元へ駆け寄った。

冷凍庫の中に入ってきた梗佳は、わたしを見て、ふっと気が和らいだように笑顔を浮かべた。

このなにもない冷凍庫で、何百、何千回と思い描いていた瞬間、それが気味の悪いくらいあっさりと訪れてしまった。

「梗佳……待ってたよ……！」

言いたいことは無限にあったけど、口にしてみるとそんな言葉になった。

そう、わたしは、待っていた。このなんでもない動詞ひとつに、わたしの全ての感情がぎゅっと詰め込まれている。

梗佳も同じ気持ちなのか、穏やかな表情をしてわたしの頬に触れた。

冷たくて、けれどもしっかりと輪郭をまとった指先が、梗佳の存在をわたしの脳裏にぴりぴりと刻み込む。その感触にわたしの中で、久しく眠っていたなにかがにゅっと顔を出す。

別れ際のキスの味。

その甘い期待に、わたしはただ、梗佳の唇を見つめる。

梗佳もそれを受け止めるように、その口を開いてなにか言った。

なにかを。

「◇◇■■、◇■——」

梗佳は喋った。

飛形がするようなやり方で、先生がするようなやり方で、その他、わたし以外の全ての人間がするようなやり方で、わたし以外の人類がするようなやり方で、音の塊を口から出した。

「■□、◇■……？」

「◇■◇◇■、◇■」

「□、◇■■◇□◆」

「◆◇◇□◇■□◇」

「◇■。■◆、◇■」

理解不能のなにかを梗佳は繰り返した。そのおぞましい光景に身体がガタガタ震え出した。強烈な吐き気がせりあがる。視界がホワイトアウトとブラックアウトを繰り返す。

わからない、わからない、わからない、わからないよ、そんなんじゃ、梗佳、わからない。

今までみたいに、わかる言葉でしゃべってよ。わたしに「わかる」をちょうだいよ。「わかる」気持ちよさをちょうだいよ。その孤独を分けてよ。その恐怖を吸わせてよ。わたしを蕩けさせてよ。愛してよ。わたしを置いていかないでよ。離れないって言ったじゃん。ねえ。嘘じゃん。なんで、どうして、そうなっちゃったの？　わからないよ。わかるように言ってよ。今までみたいに、わからせてよ。わたしに考えさせないで、わたしに推し量らせないで。

わたしにありのままの、むき出したままの言葉を話してよ。

梗佳――梗佳！

ふと、梗佳の喉から音が止んだ。真っ白な顔をしてわたしのことを見つめている。

それから、恐る恐るお腹の裏側を探るような顔をして、ゆっくりと言った。

「□◆……◇■◆◇◇、◆◇◇■■◇□◇■？」

「うん。そうみたい」

わたしは動揺するのにも疲れきって、答えた。

「ごめん、梗佳。わたし……約束、守れないや」

2

たったひとりのわかる人が、わからない人になった瞬間、全てがモノクロに変わった。

わたしは埃になったみたいだった。世界に意味もなく漂う、ひとつまみの、しょうもないゴミのかけら。言葉と意味でできた世界で、わたしにできることはなにもない。無力に無力がかさんで、本当に重くなる。肺がつぶれそうになる。

わたしは信じた。梗佳が言っていたみたいに、突然、みんなが何を喋っているのか、わかる日が到来するのを。というか、わたしにできることは、それしかなかった。

梗佳だけでもいい。飛形だっていい。妹でもいい。お母さんでもいい。もうこの際、先生だっていい。警察でもいい。

誰か、わたしに「わかる」をください。

お願いします。祈ります。祈りの言葉も知らないけれど、もう知る術《すべ》だってないけど。

泣き叫びたい気持ちを押し殺しながら、機械になったような気分で生きた。学校も行った。最低限の交友も続けた。

言葉が耳に入って「わからない」と思うたびに、梗佳の潰れた声が蘇ってきて、脳が焼けるように辛くなった。みんな、喋るのをやめてほしかった。でも、そんなことは不可能だ。人類はお喋りで生きながらえてきた。人類だけじゃない、動物だってそうだ。持てるすべての器官を使って、コミュニケーションをとる。

わたしは、生命の環《わ》からも弾かれている。

わたしをあざ笑うように、世界は少しずつ閉じていく。

「□□◆」

休み時間、言葉から逃れるように彷徨っていた廊下で突然、声をかけられる。

振りむくと、梗佳がいた。

毎日、わたしを見つけ出しては、なにかを話しかけてくれる。そのたびにわたしは、わからない、という事実に打ちのめされる。

百パーセントの好意なんだって嫌というほどわかった。だけどわたしにとっては、日々、ひどく残酷な現実を突きつけられるようで、気が狂いそうだった。

わたしはだんだん、梗佳の幻影を見ているような気分になってきた。

梗佳はもう、手の届かないどこか——虹の向こうへ行ってしまっていて、わたしはその影を見ているだけなんじゃないかと。

いや、そもそも、梗佳なんて人はいなかったのかも知れない。

孤独に狂ったわたしが冷凍庫で見出した、妄想上の存在しない人。ほら、そういう創作物って結構あるじゃん——それと一緒。

そんな考えがよぎった時、猛烈な吐き気に襲われて、わたしはトイレに走った。

そんなわけない、そんなわけないじゃん!

「うえええええ……」

泣きながら胃の中のものを返す。口の中が嫌な酸味でいっぱいになって、潰れたカエルみたいな汚い声が漏れる。最悪だ。梗佳には聞かせたくない。

だけど、振り返ってついてきていないのを見て、今度は猛烈な寂しさに襲われる。逃げ出したと思われているのかも。それなら目の前で戻せばよかった? いやいや、梗佳をゲロまみれにしたくはない。梗佳は綺麗であって欲しい……。

なら、これでいいんだ——。

それから、わたしは梗佳に声をかけられて、その姿を目にするたびにこの途方もない気持ち悪さに見舞われるようになった。

　わからないだけならいい。でも、この吐き気だけはどうしても耐えられない。わたしはすぐに、トイレに向かって走る。そのたびに、背中に梗佳の声が木霊する。

「◆◇■、□■■！」

　待って、って言っているのはわかる。なのに、わからない。そのギャップが嘔吐を強める。わたしは逃げる。梗佳からじゃない、吐き気から逃げている。なのに、誰がどう見ても、わたしは梗佳から逃げているようにしか見えない。全てが食い違っていて、わたしはどうしようもなくなる。

　この現象は、梗佳との間にだけ発生する。彼女が特別なんだって自分を慰めることはできたけど、そんな綺麗ごとを覆いつくすほど嘔吐は酷くて、日増しに苦しくなって、わたしの身体をじりじりと苛《さいな》んだ。

　そのうち、わたしは本能的に梗佳から距離を取るようになった。

　学校の中、梗佳だけがわたしを探してくれる、けれど、わたしは逃げた。野生動物が毒入りの植物を避けるように、最愛の、一番近しい人からわたしは逃げる。

　逃げた。

　逃げたくないのに。

　そうするしかなくって。

　やがて、梗佳が得体の知れないものに思えてきた。わたしが見ないようにしているもの。わたしが捨てたもの。わたしが失ったもの。そのひとつひとつを束《つか》ねる、なにものかに――。

そんな不毛な日々を送るうちに、ついに梗佳と出会わない日が訪れた。

その日もびくびくと、いつ、声がかかるのかと怯えて過ごしていた。けれど、その時が訪れることもなく、わたしは帰りの校門を跨いだ。

ものすごい感情が胸を覆った。

梗佳はわたしを探さなくなった。

遂にわたしは、本当のひとりぼっちになったんだ。

ずーんとした、とびきりの絶望がわたしの目の奥を覆う――と、思いきや、不思議なことにわたしはほっとしていた。梗佳と会わなかったことに安堵していたのだ。

梗佳との日々という理想を期待しないでよくなった分、気持ちが楽になった。変に望みをかけるから、人生の負荷が上がるんだ。そこにあるものを受け入れていく。それが幸せへの早道なんだ。

そう思ったら楽だった。今までの鬱屈さはなんだったんだ、と思えるくらい身体が軽くなった。

わたしは一生このままだ。きっとこれが自然体なんだろう。

これから先、絶対どこかで言葉がわからないことがバレる。親とか先生に打ち明ける。そうしたら、頭のいいお医者さんたちが、つきっきりでわたしの壊れた脳みそを研究してくれる。こんなにひどい症状なんだから、なにかしらの成果は出るはず。これってすごく意義のあることじゃない？

なあんだ、最初からそうしていればよかったんじゃん。

わたしは久々にのんびりとした気持ちでその日の残りの時間を過ごして、ベッドに入ることができた。部屋を暗くして、毛布を手繰り寄せる。もう夏かよってくらい暑い日もあるし、タオルケットに変えようかな――とか思いつつ、顔まで引き上げた時。

梗佳の匂いがした。

それは、冷凍庫に泊まった日、彼女と一緒にくるまった毛布だった。

「あ……」

次の瞬間、頭を思い切りぶん殴られたような衝撃に、冗談じゃなく視点が一回転した。落っこちたのかと思ったら、まだベッドの上にいた。わたしは毛布を抱き寄せて、思い切り息を吸い込んだ。肺の中いっぱいに梗佳の匂いを満たす。

「梗佳、梗佳……梗佳ぁあああああ……わあああああああああああ……」

わたしは泣いた。やっぱり駄目だった。さっきまでの安心感は嘘だ。わたしがわたしの心を守るためについた、大嘘だ。

わたしは梗佳の言葉がわかりたかった。梗佳と話したかった。好き、って言われたかった。だけど、ここに残されたのは毛布に残ったかすかな匂いだけ。こんなんじゃ、ちっとも満たされない。全然足りない。

「あ……あそこなら」

わたしは毛布を手放してベッドから立ち上がると、パジャマを脱いで、制服に袖を通した。

そのまま、なにも持たずに家を抜け出す。

暗がりの中を、歩いて、歩いて、歩きまくった。光害で寂れた空には一等星だけがぽつりと光っている。わたしの心の中と同じだ。わたしはその明かりめがけて、ひたすらに歩く。

やがて、学校に辿り着いた。鍵のかかっていない通用門から入って調理棟へと向かう。真っ暗だったけど身体が覚えていた。

廊下から準備室、シンクの下を通って——冷凍庫へ。気持ち悪いくらいすんなりと辿り着いた。まるでなにものかに招き入れられているように。

真っ暗な地下室、わたしは手探りで扉を見つけ、開いて中に入る。ぽつんと置きっぱなしのデスクライトを灯し、いつかみたいにその場に座り込む。

わたしは冷凍庫の中にわだかまった空気を吸いながら、あの頃の幸せを味わおうとした。

梗佳と過ごしたわずかな時間が、ここに詰め込まれている。梗佳と交わしたすべての会話を、この壁は覚えている。梗佳と私の混じりあった体の匂いを、この空気は溜め込んでいる。

すべての過去、すべての思い出が、ここに刻み込まれている。

「梗佳……」

そう思うと、この冷凍庫の中がとても愛おしくなってきた。

梗佳が座っていたあたりの床を撫でて、わたしは思う。

「……ここの空気になりたい」

この冷凍庫には、梗佳との関係が始まりから終わりまで、びっちりと詰め込まれている。

この空間と一体になることができれば、幸せだったあの頃になることができる。

――永遠に梗佳と一緒にいることができる。

それはくらっとしてしまうくらい、魅力的なことで――幸いにも、それを実行するのに最適な道具がここにあった。

わたしは冷凍庫の外に出て、コンセントの端子を見つけると、それを壁に設けられた穴に挿した。電気は通っている。実は、梗佳は毎日この穴を使って蓄電池を充電していた。でなきゃ、毎日明かりにスマホ、タブレットなんか使えない。

スイッチというものがないのか、それとも入れっぱなしだったのか、冷凍庫はうなりをあげて運転を開始した。うん、相当古いやつみたいだけど、ちゃんと動くみたい。

設定温度が何度か知らないけど、まあ、きっと――凍るくらいにはなる。

「梗佳……いま行くね」

わたしは稼働した冷凍庫の中に入った。扉を引っ張ってぴっちりと閉める。もう開くことはないんだろう。少なくとも――わたしが、わたしでいるうちは。

あんまり寒さは感じなかった。でも、ごわんごわんうるさい音が鳴っているので、きっと何かしら仕事はしているはず。

それにしてもうるさいな。ヴィーンと低い音がお腹の底をぶるぶる震わせてくる。半地下の部屋といえど、昼間にやっていたら確実に地上の人の耳についていていただろう。真夜中でよかった。少ししたら、身体が冷えだした。それに伴って、意識がぐらついてくる。おお、本当に寒すぎると眠くなるんだ、と感動した。

このままこの冷気と混ざって眠りにつけば――わたしは生きたまま、ここの空気と同化することができる。

もちろん比喩としてだけど、わたしにはそう感じられるだけでもウルトラハッピーだった。

また失踪中の生徒が出て学校の評判がアレかも知れないけど、まあ、わたしには関係ないし。

わたしは押し寄せる冷気とたわむれるように、心地よくまどろんでいた。

程なくして――ちょっと、寒すぎじゃない？　と、思い始めた。

それはそうだよ。冷凍睡眠の中であの頃の記憶と同化しようとしているんだから、凍ろうとしている身体がガタガタ震えだすのは、当たり前だ。

でも、それはわたしが想像しているよりも、ずっと寒くて、冷たくて、不安だった。

息を吸うと肺がキーンと冷えるので、呼吸も控えるようになった。当然、苦しくなる。あの吐き気がじわじわと這いあがってきた。

死ぬ――。

ガクガクガクガクガクと、身体が大きく、怖いくらいに震えてきた。

そして、頭の奥のほうから、ドス黒い色のずるずるしたなにかが這いずってくる。

――死ぬ、死が、死ぬのが近づいてくるんだ。

わたし、凍って死ぬんだ。その瞬間、わたしは今まで経験したことのない恐怖を感じた。

いや、死んでもどうでもいいや、って、思ってなかったっけ？　ねえねえ、過去の私さん。

あのねえ、全然どうでもよくないよ。献体に出して、脳科学の発展に役立てて、じゃないんだよ。

ねえ、すっごい、迫ってくるんだよ、黒い影が。

全然、想像もつかないでしょ？　ねえ、普通に耐えらんないよ、これ、わたしでいることをいったんやめないと、無理――。

真っ暗な空間で、真っ黒な大きな手が、わたしをすっぽり包み込んだようだった。冷気がわたしの穴という穴から入り込んで、全ての細胞を脅かしていく。

そこには幸せが染みついた空気なんてない。

きっと、そこにはなにもない。

ああ。まただ。

また、考えなしにやってしまった。

もう、人間向いてないのかもな。悲しくなる。流れた涙も凍ってしまうけれど。

わたしは目を閉じた。今度、見えているのはわたし自身の闇。わたしだけの暗がり。わたしだけの世界。それは、わたしだけがわかる、わたしの言葉で形作られている場所。

そうか。どこの誰だか知らないけど、お前は、わたしに残された最後の言葉すら、奪い取ろうとしているんだ。確かに、不便すぎ、とか、なくてもよくね、とか本気で思っていたけど——なんか、もう少し手心ってものがあってもよくない？

わたしはわたしが命として弱っていくのを感じる。

あってもなくても変わらないような暗黒の視界で、閃光が明滅する。

閃光、光、闇の中の、光——。

そういえば、お母さんと喧嘩して、なんにも言葉が出てこなくって、わたしがしょうもない家出を敢行した日——あの時も、疲労と空腹で今みたいに目の前が真っ暗になって、へたりこんだ。もう死ぬ、死にたくないって、泣いた。

そこに一筋の光が差したんだっけ。

それでわたしはまた見えるようになったし、当たり前のように生き延びた。それと、同時になにかが抜けていったような感覚を覚えた。

もしも、あの時、めまいと一緒に言葉までなくなっていたんだとしたら。

走馬灯のように思考が巡る。わたしが言葉をわからなくなって一週間後、梗佳と出会った。その時、梗佳は冷凍庫に入って二週間くらいだって言っていた。

思えば、わたしがその光を見たのも、同じ時期だった。

……寒い。すでに感覚のなくなっていた肌に冷気を感じ始める。

なにかに気づきかけているわたしの心臓が、興奮して、血を送り始めたんだ。体温が少し戻って、冷気を感じられるようになってきた。

今、考えても遅くはない。いまさらなんかじゃない——と励ますように。

わたしは、お泊りの夜に、梗佳が話していたことを思い出す。

——空も道も町も、私を押し潰すために用意された仕掛けみたいに思えた。

——世界が、私を無限に監禁しようとしている。

——その時、私の中で……何かが壊れた。

——怖さが弾けて、分裂して、分裂した怖さがまた別の怖さに当たって、分裂して、恐怖が無限に増えていく感じ……。

——とてつもない圧力に、私という器が耐えきれなくなって——爆発したんだと思う。

爆発した。

光った。

閃光。

わかった。

梗佳、違う。

爆発したんじゃない。

あんた、光ったんだよ。

『試し』があんまりにも怖すぎて。

そして、わたしにとって梗佳という存在は。

――砂漠の砂に少し埋もれたガラス瓶が、太陽の輝きにキラリと光って目を焼く、そんな光。

――彼女のイメージが闇の裂け目のように現れる。

今も、わたしの目の奥の暗がりに焼きついた光――凍てる輝き。

わたしは確信した。わたしがあの日に見た光は、梗佳の恐怖の感情だった。

あの光は梗佳のメッセージだった。

誰か助けて、っていう、信じられないくらい強烈な言葉……。

それを、貧血で眩んでいたわたしが目にして、梗佳の恐怖を受け取った。受け取りすぎてしまった。あまりにもその恐怖が強すぎたせいで、わたしの中に深く深く取り込まれて、黒々と塗りつぶしていって、その副作用でなにかが失われ始めた。

それが――直前までわたしがくさしていた、言葉、だった、ってこと。

あの時、わたしも梗佳と同じ密室に閉じ込められていたんだ。

これは想像だけど、わたしの深層に「言葉なんかしょうもない」って強い怒りがあって、そこに反応したのかも知れない。だからこそ、言葉がなくても普通に過ごせた結果「ざまみろ!」と、やり返せたような快感があったんだと思う。

そんな中で、梗佳とだけ喋ることができたのは、その怖さで繋がり合っていたからか、わたしの目の奥に梗佳の輝きが焼きついていたからか――。

……まあ、その辺りの真相はどうだっていいか。

そのおかげで、わたしたちは深く繋がることができたんだからさ。

だんだんと、考える余地がなくなってきた。興奮も醒めて、体温がまた奪われつつある。

あーあ、なんでいまさら、こんなことに気がつくんだろう。どうせなら、この大発見を梗佳と共有したかった。

梗佳ならこんな場面でも「いまさらだから、いいんだよ」って言うのかな。

まあ――今わの際にすべてを悟るっていうのも、お洒落でいいの……か？

どっちにしろわたしは、これから凍りつく。楽しかった頃の記憶と共に、眠りにつく。

全てが億劫に感じてそれどころじゃないけど、わたしは今……すっごく怖かった。

死にそうになってようやく、わたしがもともと持っていた恐怖が出てきたみたい。光に乗ってわたしの中に焦げついた梗佳の恐怖は、寒さに耐えられなくて消えちゃったのかな。あはは……確かに梗佳は寒いのに弱そうだ。毛布にくるまってプルプルしていてほしい。

――。

……なんか、もう、終わるんだなって感じがする。

夏休みの最後の日、窓からでっかい空を見上げた時の気分を千倍にしたような、心寂しさ。

呻《うめ》く声も吐き気も涙も全部凍って、なんにも感じない。本当に、なんにも感じないいんだ。肌という輪郭が失われて、わたしそのものが漏れ出していく感じがする。

すっごい怖いよ、梗佳。

死んでもどうだっていいやなんて、嘘だったよ。

怖い、怖いって、これ……意識が少しずつ閉じていく感じ。

こんなことになるなら、あの時、もう一度キスしておくんだった。

あの時っていうのはなんだっけ？　ああ、梗佳の言葉もわからなくなった時のこと、か。

正直、ショックすぎてあの後どうしたのか覚えていない。多分、逃げ出してしまったんだと思うけど、こんなことになるんだったら、本当は伝えるべきだったんだ。

わたしは梗佳が好き。梗佳もわたしが好き。

言葉なんかなくても、唇ひとつで伝えられることなのに。

どうして信じられなかったんだろう。

それだけが……心残り、っていうものなのかな。

ああ、遠くなっていく。

悔しさも悲しみも恐怖も、凍えの暗がりに沈んでいく。

なにも考えられなくなっていく。

さよなら、わたし。


「──」

あ、視界の光が強くなってきた。ぐわんぐわん、と輝きを増していく。

もう、闇すらも凍り始めたのかも知れない。闇をひっくり返したら、光だものね。すっごくおしゃれでいいじゃん。泣きそう。ええーん。はあ、凍っている。気持ちが悪い。気持ちいい。

光が瞬く。

光が広がっていく。

いい匂いがする。身体がふわりと浮かび上がる。

死んでいる最中なのに、まるで蘇っていくみたい。

「……」

光が揺れる。身体が温もりに包まれる。

ああ、いい。ぽかぽかする。

わたしって、生きてきたんだなあって、胸を張って思える。

柔らかい感触。大きな声。

——あれ？

「……！」

私は違和感を覚えた。身体が温かさを取り戻している。光はまだ輝きを増している。

光、光、怖くて怖くて、ついに出てしまった、光——なのに、こんなにも、近くて、温かくて、愛おしい。

私は、目を開く。耳も開く。

真っ先に飛び込んできたのは、最も見たいと思っていたあの顔。

「お願い、目を覚まして！」

そして、言葉だった。

「梗佳……」

幻かと思って、腕を伸ばす。指先がその頬に触れる。

凍りかけた皮膚にじんと熱さが広がった。熱すぎて火傷しそう。

ああ、そうだ。これが、この冷凍庫の中で育んだ温もり。ひとつになりたいと望んだ記憶。

「あ、ああ、汐梨！　起きてくれた……ごめんね、いつも会いに行くと辛そうだから、今日は我慢しちゃったの……だけど、ここまで思い詰めてたなんて、知らなかった……」

梗佳は震える声で言って、わたしを強く抱きすくめた。

「どうして……わかったの……」

わたしは戸惑いながら呟く。もう既に冷凍庫のけたたましい稼働音は止んでいた。

「聞こえたの、汐梨の声が。眠ってる私の耳に――たすけて……死にたくないよ……って」

「わたしの声――」

それはわたしが家出したあの日、強く願った言葉。

わたしから失われていたはずの――わたし自身の恐怖。

「きっと、この冷凍庫の音に乗って届いたの。ゾウが遠くの仲間とコミュニケーションするみたいに、重く低い音に乗せて地中を伝って、家にいる私まで——」

そうなんだ。わたしは知らないうちに、梗佳に助けを求めていたんだ。

それを聞きつけて、梗佳はこんな夜中に駆けつけてくれた。助けてくれた——。

「て……いうか」

ずいぶん心配をかけたらしい。梗佳はぼろぼろと涙を流している。

わたしはその頬に触れながら言った。

「わたし……梗佳の言ってること、わかる……」

その言葉に、梗佳のどこか深いところに火が灯ったのか、その肌に触れるわたしの指先がぽっと熱くなる。

「え……ほんとに……」

「うん……ノリとか、勘で言ってるんじゃないよ……」

「ほ、ほんとにほんとに？」

「……うん……『わかる』し……今、わたし、すっごく怖かった……ねえ……死ぬのって、寒くて、すっごい怖いんだよ……だから……助けてくれて、今、すごく、嬉しい……」

「それ……同じだよ……」

梗佳は涙と鼻水でびしょびしょになった声で言う。

「ずっと前、わたしが一人でここにこもってるときも、汐梨が声を聞きつけて来てくれた。あなたと出会ってなかったら、私、とっくに飢えて、栄養失調を起こして、そのうちあなたと同じような道を選んでいたかも知れない。そう考えると、とても怖いし……今、あなたを見つけられて、本当に、本当によかったと思ってる……」

「同じ……私たちは、同じ、だった……」

わたしは少しずつ融けていく声で、確かめるように呟く。

「そっか……梗佳が先に、ここから出ていったって、だけか……」

この冷凍庫は、逃げ込むための場所だ。抱えていた傷が全て癒えた時には、出て行かなければならない。わたしとの交流を通して勇気を得た梗佳は、自分の中の大きな恐怖に打ち勝ち、ここから出て行って快癒した。

その恐怖を通じて言葉を理解していたわたしは、そのせいで彼女の言葉を見失うことになった。

「それで、わたしはここで死にかけることで……なくしていたわたし自身の恐怖を取り戻した……だから、梗佳の言ってることが……わかるようになった……」

「うん……うん……」

「はあ……ここまでしないといけないなんて、とんでもない荒療治だ、もう……」

そして、なんてややこしいんだ。

『試し』の運営委員会みたいなのがあるんだとしたら、ここまで想定してなかったんじゃないの？

まあ、そんな小難しい話はどーーーーーーーーーーだっていい。

肝心なのは、わたしの想いが梗佳に通じたってこと、それから、わたしが梗佳の言葉をわかるようになったってこと。ただ、それだけだ。

どっと倦怠感が押し寄せてき、わたしは梗佳の胸に顔を埋めた。

そして、愕然とする。前に触れた時よりも、肉づきがよくなって温かくなっていて——。

「わあーっ！　梗佳のおっぱいがふわふわになってる！」

「な、なに言ってんの！　この場面で！」

わたしは赤ん坊のようにその柔らかさに顔を沈めた。ぽっと舞ったいい香りが、鼻の奥をくすぐる。ああ、わたし、今、最高に生きている。

梗佳は真っ赤な顔でしばらく抵抗を見せていたけど、やがてふっと力を抜いて、わたしの頭を優しく抱き寄せた。

「……私たち、頑張ったんだね」

「うん……頑張った……」

「私たち、生き延びたんだね……」

「うん、梗佳もわたしも……生きてる……」

「そうだよね……よかった……よかったよ……よかった……」

その瞬間、塞いでいた苦しい感情の弁が吹っ飛んで、一気に雪崩れ込んできた。

「う、うわあああああん……あああああ……」

わたしたちは抱き合って、強く、泣いた。

これだけの思いを抱えて過ごしていたんだね。怖かったね。うん、怖かったよ。わたしたち、怖いんだよ。あなたを失うことが。わたしたちは泣きながら、言い交わす。

お互いの体温と、声と、言葉と、気持ちで、どこまでも流していく。

やがて、深く近づいた彼女の耳に、私は囁く。

「わたし、梗佳のこと、大好きだよ。もう、なにがあっても、絶対に離れないからね」

「わたしもあなたのこと……大好き、だから、ずっと一緒に、いて……」

梗佳も囁く。

伝わる。彼女の気持ちが、わたしにはわかる。

その極上の気持ちよさに、わたしは二度と戻れないくらいの恍惚を覚えた。

「梗佳、キス……したい」

「うん、汐梨……」

唇を重ねる。濃い匂いと温もりが全身に行き渡る。鼓動が色づき始める。時間が影を潜める。

幸福なことに、夜はまだ半ばを過ぎたばかりだった。

3

こうして、わたしたちは狭い狭い世界から脱出することに成功した。

それで広い広い世界に出られたかと言えば、そうでもない。わたしたちは相変わらず女子高生で、まだまだ発展途上だ。いろんなしがらみは現在進行形だった。

ようやく言葉を取り戻したわたしを待っていたのは、知らん間に終わっていた中間テストの後処理だった。なにかと言えば、補習テストだ。

おいおいおい。つまり、この一か月ちょいの間にわからないといって聞き流していたすべての単元を、このたった二、三日で取り戻せっていうのか。

わたしは泣いた。からがら取り戻した命じゃなかったら、挫けていたかも知れない。

「まあ……頑張りましょ」

それと、梗佳が一緒じゃなかったら、逃げ出していたかも知れない。なんで梗佳が補習、と思ったけど、普通に出席数が壊滅的なんだった。いろいろありすぎて忘れていた。

ていうか、梗佳と一緒の境遇とかわたし贅沢すぎない？　頑張らない理由がなさすぎる。

そういうわけで、空き教室に梗佳とふたりきりでこもって、延長戦みたいな日々を過ごしたのち、第一次補習テストで梗佳はあっさり合格、わたしは第三次までかけて解放された。

「梗佳って順当に頭いいんかい……」

「なに、その言い方は」

そうジトっとした目で言いつつ、第三次まで付き合ってくれるんだから、梗佳は優しい。
四、五月のサボり分を解消した頃には、六月の真っただ中になっていた。今年の梅雨はあまり雨が降らず、夏みたいな日が続いていてダルいのなんの。
そんなとある日の昼休み、わたしはいつも飛形たちとたむろしているラウンジに向かった。

「あ、汐梨だ！」「やっと謹慎解除？」とはやされる。

「謹慎じゃないってーの！」

あはは、と笑いが立つ。わかる気持ちよさは少しずつ薄れてきているけど、それでもこうやって気楽に言葉を言い交わせるありがたさはずっと変わらない。

わたしはエヘン！　と咳払いをして、みんなを静かにしてから言った。

「あのさ……今日、みんなに紹介したい人がいて」

さらっと打ち明けるつもりだったのに、つい力んで、特別なムードを醸してしまった。そのせいで、みんなザワザワし始める。

「え、汐梨にカレシ？」「マジで？」「ちなみにミナコ師匠九人目らしいよ」「野球チームじゃん！」

わたしはもう一回、エヘン！　と咳払い。みんな、シーンとする。

「ヒナ！　ミナコ師匠の話は今はいいの！」

「はぁい」

飛形はついとそっぽを向く。もう素直じゃないんだから。真っ先に報告したら、手を叩いて喜んでくれたのに可愛くない。

「それじゃあ、梗佳……って、あれ？」

場をあたためて、いざ振り向いてみると、待機しているはずの梗佳がいなかった。

慌てて見に行ってみると、自販機の陰に隠れてぷるぷるしている。

「なにしてんの！」

「い、いや、その……緊張しちゃって……なんて言われるかって考えたら……」

「大丈夫！　みんな取ってバクバク食べるような子たちじゃないから！」

「早島さんはなんか噛みついてきそうだけど――」

「待たせてるからお腹空いてるんだよ！」

そういうわけで、わたしは梗佳を引っ張ってみんなのもとへ連れて行った。

「ってわけでコレ、わたしのカノジョの栖上梗佳」

「コレです……よろしくお願いします……」

梗佳が浅くお辞儀する。自尊心低っ、なんて、わたしが突っ込もうとする前に、みんながわっと盛り上がった。

「えっ！　マジー！　女のコじゃん！」「しかもめっちゃかわいいし！」

「へへ、いいでしょ～」

わたしは胸を張りながら、ススススス、とスライドして逃げようとする梗佳のスカートをホールドする。

「びっくりした〜」「えー、でも、いいなあ」「その手があったか」

「どの手だよ。言っとくけどわたしと梗佳はガチだからね」

「はえ〜、ていうか、栖上さん？　しばらく学校来てなかった？」

冷凍庫にこもっていた時のことを出されて、梗佳がぎくりと身を固くした。

「う、うん……」

「家の都合だったんだっけ？　戻ってこれてよかったねー」

「あ……そ、そうなの。ありがとう」

ほらね、わたしの友達が悪いこと言うわけないでしょ。

なんて梗佳の緩んだ横顔を見ながら、誇らしく思っていたら。

「ってか！　この人って優等生じゃん！」「汐梨と似合わなっ」「どんな弱み握られてるの？」

「失礼だな！」

わたしは真剣にぷんすかした。みんなけらけら笑ったあと「てか美少女すぎる」「ほっせ〜、やっぱ読モだ」「チューした？」とか遠慮がない……いや、マジで遠慮がなさすぎる！

「カノジョっていうなら、当然、シオの好物も知ってるんだよね？」

なんか突然、飛形がマウントを取り始めた。

うーーーーん、面倒くさい幼馴染ムーブしてる?

「し、知ってる、当然だよ」

梗佳が言い返す。だけど、わたしは知っている。これ、特に意味のない見栄っ張りのやつだ。だって、教えたことないもん。

「じゃあ、なに? 言ってごらん」

飛形が挑戦的に言うのに、梗佳はぴっと指さして答えた。

「羊羹!」

「おっさんすぎる!」

謎の珍回答に、あはははは! とみんな笑った。飛形も笑っている。梗佳はおどおどと「違うの?」とわたしを見ている。違うよ。確かに食べてはいたけど。

「シオが好きなのはバナナフレーバーだよ」

飛形が勝ち誇ったように言う。「バナナそのものはそんななんだけどね」「フレーバーなんだよね」

「フツー逆だよね」と周りがごそごそ。うるさいなあ……。

「う、うそ、汐梨はメロン好きそうな顔してる!」

それに梗佳がやり返す。いや、なにその反論? 「確かにな」「メロン顔だよね」「うん、びっちりアミアミ」人を化け物にしないで。

まあ、変な感じだけど——みんな、普通に受け入れてくれて、わたしは本当に嬉しかった。

飛形と梗佳はバチバチしているように見えるけど、これは飛形なりのコミュニケーションなんだってわかる。前のわたしならハラハラしてしまったんだろうけど、今は愛おしくてしょうがない。

言葉がわかるようになった時、不思議な現象が起こった。

それは、わからない状態で聞いた言葉の意味も、後から思い出せるようになっていたということだ。

どういうことかというと、例えば、妹が謎の変なグミをくれた時のやりとり。

『お姉ちゃん、これあげる』

『え、くれんの？　……ありがと』

とまあ、言葉のマスキングがペロッと剥がれたように、理解できるようになったのだ。

ちなみに、この時くれたグミ、パスタグミだと思っていたけど。

『なに、これ？』

『ラーメングミ』

そっちかい。麺類ってとこしか合ってなかった。

というか、そういうのどこで見つけてくんの？　謎グッズばっか売ってるとこがあるなら、今度連れてってもらおう。

そんな要領で、わたしは冷凍庫の前に飛形が現れて、梗佳と交わした時の台詞も、全て思い出すことができた。

『あなた、失踪中の栖上さん……だよね』

『そう……「失踪中」の栖上』

『こ、こんなところでなにしてるの？　失踪届出てるって、すごい噂立ってるよ』

『……ごめん、言えない。でも、やっぱり噂になってるんだ』

『なに開き直ってるの……あなたが汐梨になんかしたのなら、私、黙ってないけど』

梗佳と飛形はこの時からバチバチだった。まあ、飛形視点ではそう見えてもおかしくない。

『そう、わかった。最後に……ひとつ大事なこと、教えてあげる』

そして、ひとしきり話した後、最後の別れ際に、飛形が放ったこの台詞。

『……なに？』

『汐梨、栖上さんのこと好きだよ。恋愛対象として。その気持ち踏みにじったら、絶対に許さないから』

なんと、梗佳自身にわたしよりも先に言っていた……ていうか、バレていたんだ。

わたしが飛形に、梗佳への想いを打ち明けたのはその直後のことだから、ものすごい観察力だと思った。わたしのことを見過ぎている。それは……不安にもなるよね、と申し訳なくなった。

あれから梗佳の様子が変わって、わたしより先に気持ちを伝えてきた上に、外へ出る決心をしたのだから、実質的に背中を押したのは飛形だったのかも知れない。

それから、梗佳が出て行ってしまってから、飛形がわたしにカフェに連れてってて、バナナフレーバーの新作を教えてくれた時のこと、わたしはつい、こんな風に漏らしていた。

『梗佳と一緒に飲めたらな』

『……あの人、来週から復帰するって話、あのクラスの人から聞いたよ』

ちゃんと教えてくれていたんだ、と嬉しくなるけど、その時のわたしには意味がつかめず、答えあぐねていた。

すると、飛形は涙をぽろぽろ流しながら、こういった。

『なくなって初めて大事だってわかるとか、どうしてそんなひどい仕組みになってるのかな』

突然泣き出した飛形に、わたしはオロオロする。

「――ひ、飛形、な、なに、どうしたの？」

『ううん、なんでもないよ……ただ、これから先、シオは幸せになれるのかなって……』

この時の飛形の心情を思うと、わたしは胸が痛くなる。

そして、最後に――時間は遡ってお泊りの日、梗佳に飛形のSNS「とびかた」の投稿を見てもらった時、梗佳が言葉を失ってしまったことがあった。あの時はなにが書いてあるのかと落ち着かなかったけど、後日、改めてわかるようになってから見返してみて、納得した。

そこには切実な文章が書いてあった。

最近、友達《わたし》の様子が怪しくて、本当に心配。全然、相談してくれない。それがすごく悲しい——とか。

気になる人ができたらしい。応援したいのに、教えてくれない。どんどん離れていってしまう気がしてすごく寂しい。でも、引き留めるのも違う気がしてわかんなくなっちゃう——とか。

こんなに真っ向から心配してくれているなんて、思ってもみなかった。

どうしてこんなに、わたしのことを想ってくれるんだろう、と思ったら、『病むくらい大切に思ってるなんて、素敵な友達なんですね』というリプライに、その答えを書いていた。

『中学の時、私はクラスメイトのことを馬鹿だって思うタイプの嫌なやつだったので、いじめられてたんです。まあ、ハブられた程度ですけど。でも、その子だけはずっと私の味方でいてくれました。私を自然に輪の中に入れようとしてくれたり、断られたら怒ったりしてくれた。最終的に修学旅行はふたりで回ったのがいい思い出です。そういう裏表のない優しい子なんです』

わたしはその文面を後で見て、泣いてしまった。

ごめん、あるよ、裏表。優しくもないよ。

でも、そう思ってくれて、ありがとう。

わたしがこう考えるのも気持ち悪いけど、この文面を梗佳が隠した理由が、こんな素敵なことを書く飛形の方へ、わたしの心が傾いてしまうと思ったから……だったら、なんだろう、もうニマニマしてしまう。

あの時の梗佳はわたしを必要としていて、ある日突然、わたしに言葉が戻ってくることすら怖がっていた。この文面に感動してぽろっと治る、みたいなこともありえる以上、言わない方が無難だと考えたのかも知れない。

……まあ、本当のところはわからないけど。単に嫉妬しただけかも。だとしたら、可愛いなって思う。うーん、わたし、歪んでるな。

いずれにせよ、梗佳は恋人として、飛形は大切な友達として、ふたりともずっと大事にしていこう——そうして、いつまでもこのバチバチな様子を近くで見守っていようと、わたしは心に誓った。

エピローグ　食べられなかったペペロンチーノ

あれから一年があっという間に経った。その間、めちゃくちゃいろいろなことがあったけど、まあ、これは別の機会にゆっくり思い出せればいいかな。

三年生になったわたしと梗佳は、調理準備室の前に立っていた。

ついに最古の建物である調理棟の取り壊しが決定したのだ。そうと決まるやバリケードが張り巡らされて、一瞬で立ち入り禁止になった。

調理棟はわたしと梗佳が出会い、気持ちを繋いだ場所だった。このまま黙って壊される前に、なにかできることがあるんじゃないか。

これが意外と思いつかなかった。あの冷凍庫を運び出すだとか、皿を何枚か失敬するとか、せこい火事場泥棒みたいな案しか出ない。

そこで梗佳に相談をもちかけたら、もうあっさりと決まった。

『なら……ペペロンチーノ、また作ってよ』

その台詞を聞いて、この子のこと、大好きだなあ、と新鮮に思った。

そういうことで、わたしたちは調理棟に戻ってきた。十一月にまた調理実習があったので、立ち入るのは半年ぶりくらいだ。包囲はガバガバだったので問題なく入り込めた。

「……怒られたらどうしよう」

後ろから、こういう細やかな悪事には慣れてない梗佳が、居住まいが悪そうについてくる。自分で提案したのに、ここまでは考えが及ばなかったらしい。

「まあ、その時は慰めてあげるから」

「いや、あなたもヘコみなさいよ」

「慰め役がヘコんでちゃだめでしょ」

「……あの時は結局、慰めてくれなかったくせに」

「それはホントに痛いところだからやめて」

冷凍庫から出た梗佳は、本当に辛《つら》い目にあったそうだ。それでも勇気を奮って、わたしと普通に過ごせる日常を取り戻したのだから、泣きそうになる。あーもう、わたし、あれから泣きそうになってばっかりだ。

わたしはガチャガチャやって調理準備室に無断侵入し、それから調理室への扉を開通させる。一年経ってもセキュリティ意識の低さは相変わらずだった。

持ち込んだ食材をドカッと広げ、鍋とか食器とかもろもろを引っ張り出してきて、三度目の正直としてまたパスタを茹で始めた。その間、隣のテーブルのコンロを使って、フライパンでソースを作りながら、口が暇なので訊ねる。

「そういえば、漢検どうだった？」

「受かった」

「マジ？　一級でしょ？」

「うん。まあ、たまたま覚えてたとこが出たから……」

髪の先をねじねじいじりながら言う。出た、あんまり意味のない見栄っ張り。

「すごい！　じゃあ、お祝いに乾麺追加！」

「や、やめて！　最近、またお腹が出てきちゃったんだから……」

ああ、一時期、うどんにハマってふっくらした時期があったっけ。抱きつくとすごく嫌がるから、わたしも欲求不満になって大変だった。

「梗佳はもっとむちむちでいてよ。ガリガリでいるより、ずっと可愛いよ」

「もう、甘やかさないでよ……太ったのバレると、早島さんに煽られるんだから」

「あはは、ヒナはいくら食べても変わらないからなあ」

梗佳のための料理を作りながら、梗佳となにげない会話を続けていく。

こんな幸せなことがあっていいのだろうか、と香ばしいガーリックの匂いを堪能しながら思う。

——あの日、この建物の地下でこの子と出会ったばかりのわたしは知らなかった。

栖上梗佳という謎の美少女はめっちゃ優等生で、漢検一級なんぞも取っちゃうすごい子で、ただ少しメンタルが繊細すぎるところがあって、なのにちょっと自信過剰で鼻につくところがある。それで、裏目に出てたまにすごく落ち込んだりする。

でも、その全てが可愛くしか見えないので困る、ホントに困る。

こんな人、普通に生きていたら、わたしと交わることなんて絶対になかった。これも、梗佳が一度、口にしていた『試し』とやらのご褒美なんだろうか。

ただ、実際のところ、あの冷凍庫での日々が本当に『試し』だったとは限らない。適性を計るためのプレビューだった可能性もある。

今後、あれよりもひどい出来事が梗佳の身に降りかかるかも知れない。

それでも、梗佳はその日のことを恐れる必要はない。だって、わたしという絶対の味方がいるんだもん。どこへ閉じ込められようが、その助けの声を聞きつけて、真っ先に駆けつけてやる。絶対に外へ連れ出してやる。そして、いっぱいおいしいご飯を食べさせてあげるんだ。

やがて、パスタもソースもいい具合になってきたので、ドッキングさせてからお皿に盛りつけていく。今日は気分がいいのでパセリも持ってきた。

「よし……おっけ、アーリオ・オーリオ・エ・ペペロンチーノ、完成～！」

「エ？」

「うん、エ」

だだっ広い調理室の隅っこ、ふたりでちょこんと腰かけて、できあがったペペロンチーノを食べる。

「お味はどう？」

「うん、おいしい！」

「お、やった！　えへへ、梗佳のこといっぱい考えて作ったからね〜」

「おいしい……けど」

梗佳は口元に手を当てながら言う。

「あ、あなた、にんにく入れまくったでしょ……口が臭くなっちゃうよ……」

なんて文句を言いつつもりもり食べていく。まさにその様子が見たくてたくさんぶっこんだので、わたしは満足だった。

「大丈夫、わたしのにも同じ量入ってるから、同じくらい臭くなるよ」

「それのなにが大丈夫なの……」

「わたしと梗佳、ふたりとも臭かったらプラマイゼロでしょ」

「はあ？　プラス2でしょ。どう考えたらそうなるの？」

わたしはよく煽ってくる梗佳の唇を、自分の唇で少しの間塞いだ。

ちゅっと軽い音がして、ふわりと独特な匂いが鼻を衝く。

ぽかん、とする梗佳に、わたしは胸を張って言った。

「ほら」

「ば……バカっ」

梗佳は真っ赤になって、パスタをくるくるパクパク口の中に放り込んでいく。

わたしはそんな彼女を見つめながら、満ち足りた気持ちでパスタを食べる。

こんなに可愛いのに、この後、先生に見つかって怒られて、この世の終わりみたいな気持ちになっちゃうんだから可哀そうな話だ。

でも、こういう思い出も悪くない。

いつかまた、突然、不幸になった時にこそ、育ててきた愛が試されるのだから。

あとがき

以前に読んだ小説で「電話越しに話す恋人たちは本当にふたりきりだ」というようなくだりがありました。それを見た時、そうかも知れないという気と、そうかなあという気が同時に起こった記憶があります。

それはスマホも携帯もない、受話器から線が伸びているような時代の話だったので、的確な表現といっていいのでしょう。お互いの発した言葉はお互いの耳にしか入らない。ほかの誰かが会話に加わることもできなければ、聞き耳を立てていても聞こえるのは意味のわからない断片的な台詞だけ。通じているのはたったふたり、まさしくふたりきりの空間です。

一方、今ではオンラインで複数の相手と同時に話すことが当たり前の経験としてあるために、例え一対一で通話していたとしても、昔の電話にあった「ふたり」と意味合いは違ってしまうような気がします。それは、最大二人で遊べるゲームを二人でやるのと、最大四人で遊べるゲームを二人でやるような違いでしょうか。絶対にふたりでしかできないものじゃなくて、まあふたりでもできるもの。ここでのふたりは、単なる頭数としての「二人」になってしまう。

そういう時代に、かつて電話越しにいた「ふたり」は今、一体どこにいるのでしょうか。

今作は「ふたり」を考えることから始めた恋愛小説です。ひとりではないけれど「二人」でもない。まるで世界からいないようなふたりは、最後にはどこへ向かっていくのか。

……それが全然全く呆れるほど見当もつかず、結末を決めないままどうにでもなれと始めてしまった物語だったのですが、この度はキネティックノベル大賞に選出していただき、本の形になってお届けできているわけですから、ふたりのパワーってすごいと大変驚いています。

「凍てる輝きとペペロンチーノ」は投稿時点では短編だったものを、今回書籍化にあたって大幅に加筆を行っています。最終的には投稿作の三倍近い文量になりました。

当時、もう膨らませるところなんてないよー……と凝り固まっていた状態から、打ち合わせにて怒涛のアイデアを提案していただいた編集長の豊泉様、パラダイムの黛様、そして長い期間に渡って本作の面倒を見ていただいた山崎様に感謝申し上げます。私も知らなかった彼女たちの姿を見せることができました。

また、当時の乏しすぎるキャラ情報（汐梨は名前すら出てない）から描かれたとは思えない、朱坂明紗様の美麗すぎるイラストがなければ、本作が今の形になることはありえませんでした。正味、挿絵が見たいために加筆していたきらいはあります。そして、口絵がそれはもう、良すぎて泣きました。感謝申し上げます。

末筆ながら、ここまで読んでいただきありがとうございます。またお会いいたしましょう。

２０２５年１月　城井映

Kinetic Novels

キネティックノベルス

凍《い》てる輝《かがや》きとペペロンチーノ

2025年 2月28日 初版第1刷 発行

■著　　者　城井映
■イラスト　朱坂明紗

発行人：天雲玄樹（ビジュアルアーツ）
編集人：豊泉香城（ビジュアルアーツ）
企　画：キネティックノベル大賞
編　集：山崎英淑（ビジュアルアーツ）

発行元：株式会社ビジュアルアーツ
〒556-0011
大阪府大阪市浪速区難波中2丁目10番70号
パークスタワー17階
TEL 06-6567-9252

発売元：株式会社パラダイム
〒166-0004
東京都杉並区阿佐谷南1-36-4 三幸ビル4A
TEL 03-5306-6921

印刷所：中央精版印刷株式会社

ISBN978-4-8015-2510-8　Kinetic Novels 010